KB059871

사진으로
글쓰기

인생의 모든 순간을
이미지와 글로 표현하는 법

사
진
으
로

글
쓰
기

강미영 지음

북바이북

당신이 이미지와 말로 자신을 표현할 수 있다니 다행입니다.
우리 예술가들은 그 두 가지의 도움을 받는데 대부분의 사
람이 그런 도움 없이 어떻게 삶을 견뎌내는지 잘 이해되지 않
을 때가 있습니다.

_ 헤르만 헤세

누군가가 흰 종이와 잘 깎은 연필 한 자루를 주면서
일상 혹은 인생에 대해 뭐든 써보라고 하면 막막해진다.
오늘도 많은 일을 겪으며 하루를 보냈는데 도대체 어디
서부터 어떻게 이야기를 시작해야 할지 난감하다. 이런

날들이 30년 넘게 이어지면 사건이 차고 넘침에도 글이 될 만한 장면 하나를 떠올리기가 쉽지 않다. 어렵게 시작하더라도 머리를 절레절레 흔들며 지우기를 반복하고 10분만 지나도 짜증이 난다.

반면에 카메라를 주면서 나를 보여주는 무엇이든 찍어보라고 하면 조금 망설이긴 하겠지만 금세 사진 한 장을 찍어낸다. 대단한 작품은 아니어도 자기를 표현할 수 있는 세상의 어떤 부분을 사진으로 담아낸다. 사진 한 장을 찍기 위해 익혀야 할 것은 셔터 위치뿐이다. 카메라로 사진을 찍는 것은 냉장고 문을 열었다 닫는 일만큼 쉬워졌다. 카메라는 순식간에 찰칵하고 결과물을 만들어낸다. 하나의 표현을 위해 긴 시간 공들여야 하는 글쓰기보다 쉽게 순간을 잡아챌 수 있다. 물론, 잘 찍은 사진 한 장을 위해 정성을 들이자면 한도 끝도 없지만 말이다.

사진은 우리가 마음에 품은 것들을 쉽게 꺼낼 수 있도록 도와준다. 글쓰기의 첫 번째 관문이자 가장 어려운 장벽인 '뭘 쓰지?'라는 질문을 사진은 단번에 해결해준다. 사람들은 자신에 관한 이야기보다 사진 한 장에 대한 이야기를 더 쉽게 시작할 수 있다. 사소한 일상의 순간도 사진으로 찍어놓으면 줄줄 이야기로 엮여 올라오니 신기한 노릇이다. 예를 들어, 난데없이 점심에 먹은 음식에 관한 이야기를 하려면 어색하지만, 사진 한 장을 두고 음식의 맛이나 같이 먹었던 사람 이야기를 풀어가는 것은 자연스럽다.

굴러가는 낙엽도 사진으로 찍으면 내 마음이 보이고, 누군가에게 보여주면서 그 순간에 대해 이야기하고 싶어진다. 아주 오래전에 찍은 사진을 우연히 발견한 날에는 그 시절 일들이 자동으로 재생되면서 대하소설을 쓰고도 남을 만큼 이야기가 쌓이기도 한다. 불쑥 인생의 중요한 순간에 대해 이야기하려면 난감하지만 사진 한 장을 두고 이야기하는 것은 어렵지 않다. 글쓰기에 자신 없는 사람도 사진을 앞세운다면 자신의 이야기를 쉽게 풀어낼 수 있다.

이 책은 사진에서 시작해서 글을 풀어가는 다양한 방법을 이야기한다. 서론에 해당하는 1장과 2장을 제외하고는 순서대로 읽지 않아도 된다. 글쓰기의 난이도나 단계별로 나눈 것이 아니므로 궁금한 내용을 먼저 봐도 된다는 뜻이다. 책을 읽다가 나도 이런 사진이 있다거나 이 정도면 해볼 만하다는 생각이 든다면 그 부분부터 시작해도 좋다. 사진과 글을 조합하는 방법은 무한대에 가까울 정도로 많다. 그러니 이 책에 있는 형식을 그대로 외우고 따라 하기보다는 사진첩 속 의미 있는 사진들을 자유롭게 해석하고 글로 풀어가면서 자신만의 방법을 발견한다면 더 좋겠다.

사진으로 글쓰기에서 중요한 것은 표현하고 싶은 내용이다. 사진으로 글쓰기를 통해 키우려는 것도 문장력이 아니라 우리 인생을 통해 하고 싶은 이야기를 찾아내는 능력이다. 거창한 의미를 담아야 한다는 부담은 갖지 않아도 된다. 아끼는 사진들을 다시 꺼내 보면서 섬세하게 관찰하면 풍부한 표현력을 얻을 수 있다. 사진에 기억과 사건을 글로 더해 이야기 한 편을 완성하고, 단순히 개인의 경험에 머물러 있던 사진은 해석이 더해져 독자들이 공감하는 글이 된다. 특정 사진과 글에 누군가의 인생을 겹쳐 볼 수 있다면 어떤 이야기든 충분히 의미를 지닌다.

아침 달리기를 하듯이 사진으로 글쓰기를 시작해보자. 아침 달리기에서는 모든 사람이 속도를 맞춰 뛰거나 다른 사람을 앞지르기 위해 속도를 내지 않는다. 가까운 운동장에서 좋아하는 운동화를 신고 내가 편한 방식으로 달린다. 사진으로 글쓰기도 내 페이스에 맞게 나만의 방식으로 찍고 쓰면 된다. 대단한 결심이 필요한 일도 아니다. 사진으로 글쓰기는 누구나 시간과 마음만 내면 자신이 가장 편한 방식으로 시작할 수 있는 자유로운 글쓰기다.

나는 이 책을 통해 모든 사람이 작가가 되기를 바라는 것이 아니다. 우리 모두가 각자의 자리에서 더 근사한 사람이 되길 바란다. 훌륭함에 이르는 길은 이 세상을 살아가는 사람 수만큼 다양하다. 학생은 학생답게, 여행가는 여행가답게, 농부는 농부답게, 직장인은 직장인답게 자신의 삶을 표현할 수 있도록 돕고 싶다. 이 책을 보면서 누군가는 그동안 쌓아두기만 한 사진들을 다시 꺼내 보면서 글을 쓰고, 또 누군가는 하고 싶은 말이 떠올라 사진을 더 찍게 될지도 모른다. 이 과정이 선순환되어 자연스럽게 사진과 글로 자신을 표현할 수 있게 되기를 바란다. 이 책을 읽는 동안 자신의 인생에서 소중했던 순간이 조용히 떠오르면 좋겠다. 그 순간에 대해 이야기하고 싶어지고, 그 소망이 동력이 되어 사진으로 글쓰기를 시작한다면 충분하다.

사람들이 직접 체험한 것, 혹은 그런 체험 중 내면의 자산으로 남은 것에 대해 서로 이야기하는 일은 이 세상에 삶이 존재하는 한 결코 멈추지 않으리라던 헤르만 헤세의 말을 믿는다. 사진과 글이 마음에 품은 것들을 보여줄 수 있는 좋은 도구가 되길 바란다. 당신의 마음을 건드린 순간을 담은 사진 한 장을 꺼내 '이 사진 뭐지? 왜 찍었지?'라고 스스로 묻고 답할 때 사진으로 글쓰기는 시작된다.

참고로, 책에 실린 인용 글과 사진 중 제 것이 아닌 경우는 260쪽 상단에 저작권자별로 페이지 번호와 함께 표시했다. 자신의 사진과 이야기를 기꺼이 내어준 친구들의 우정과 자발적 노력에 무한한 감사를 보낸다. 특별히 문요한, 서승범, 서영우, 이은남, 이한숙, 정재엽, 한명석, 김해진, 정세인에게 고마운 마음을 전한다.

차
례

Part 1.

사진을 찍고

글을 쓰는 마음

Part 2.

사진에서 글감을 찾기 위한

5가지 키워드

Part 3.

여행 사진

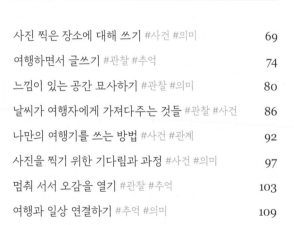

Part 4.
인물 사진

Part 5.
기록 사진

Part 6.
일상 사진

사진을 찍고
글을 쓰는 마음

찍히는 사람에서
찍는 사람으로

언제부턴가 우리는 사진 찍는 사람이 됐다. 맛있는 음식을 먹기 전에도, 멋진 풍경에 감탄하면서도, 어느 날 아침 괜히 거울 앞에서도, 좋아하는 사람의 웃는 표정을 보면서도, 우리는 쉴 새 없이 카메라 셔터를 누른다. 사진에는 우리의 일상과 인생이 촘촘히 담겨 있다.

필름 카메라 시절에는 사진이 몹시 귀했다. 특별한 날에 특별한 사람과 특별한 포즈로 특별한 순간을 잡아 사진을 찍었다. 친구들과 여행 갈 때도 겨우 카메라 한 대를 들고 갔다. 나중에 인화된 사진을 보면서 내가 나온 사진 중 갖고 싶은 사진 뒷면에 이름을 쓰면 담당자가 사람 수에 맞게 추가로 사진을 인화해서 반투명 봉투에 담아 나눠 줬다. 이때 찍은 사진들을 보면 빠짐없이 내 모습이 보인다. 필름이 귀한 시절이었으니 한 장 한 장 아껴 찍었다. 괜히 하늘을 찍거나 지나가는 강아지를 사진으로 담는 사치를 부릴 수는 없었다.

이후 디지털카메라가 나오면서 사람들은 셀피를 찍기 시작했다. 액정 화면이 180도로 회전하는 카메라가 인기였다. 나도 그 전까지만 해도 사진이 별로 없었는데, 디지털카메라를 사고 나서는 하루에도 수십 장씩 내 얼굴을 찍었다. 카메라를 올렸다 내렸다 하면서 얼굴이 예쁘게 나오는 각도로 맞추고, 카메라를 들고 빙글빙글 돌며 내 뒤로 보이는 배경을 바꿨다. 내 표정을 보면서 내 손으로 내 모습을 찍는 게 신기했다. 실패를 걱정할 필요는 없었다. 예쁘게 찍힌 사진만 남기고 마음에 안 들면 지워버리면 그만이니까. 사진을 부지런히 찍고 지우면서 그 시절 내 모습을 기록했다.

이제 사람들은 스마트폰으로 사진을 찍는다. 스마트폰은 아예 손에서 떨어지지 않는 카메라와 같다. 스마트폰에는 찍는 사람과 찍히는 사람 쪽을 비추는 카메라가 모두 장착돼 있다. 사람들은 평범한 일상의 순간에도 자연스럽게 카메라를 꺼내 셀피도 찍고 풍경도 찍는다. 내 모습뿐만 아니라 나와 연결된 모든 물건과 순간이 사진의 영역으로 들어왔다.

이제는 '사진을 찍는다'라는 말의 의미가 바뀌었다. 예전에는 사진이란 '찍는 것'이 아니라 '찍히는 것'이었다. 그러니 '사진을 찍는다'라고 하면 사진에 찍히는 대상, 즉 모델이 된다는 뜻이었다. '졸업 사진 찍는 날'이라고 말했고, '증명사진을 찍으러 간다'라고 말했다. 한껏 차려입고 사진작가 앞에서 포즈를 취할 때 '사진을 찍는다'라고 말했다. 누가 찍든 상관없이 내가 나오는 것이 내 사진이었다. 이제는 달라졌다. '사진 찍으러 가자'라는 친구의 말은 카메라를 들고 풍경 좋은 곳으로 출사를 나가자는 뜻이다. '사진을 찍는다'는 말은 '내가 카메라 셔터를 누른다'는 의미가 됐다.

이 변화는 단순히 카메라 렌즈 앞에서 포즈를 취하는 모델이 되느냐, 뒤에서 셔터를 누르냐라는 문제를 넘어선다. 사진에 담긴 시선과 내용이 달라졌기 때문이다. 의미 있는 사람과의 추억을 기록하던 카메라는 이제 우리가 보고 느끼는 모든 것을 찍는다. 사진에 내 얼굴이 나오는지는 더 이상 중요하지 않고, 내 카메라로 내가 찍은 사진을 내 사진이라고 말한다.

이름표에 이름 석 자 대신 자신을 시각적으로 나타내는 사진 한 장을 넣으라고 했을 때, 상반신 사진을 반듯하게 찍어 올리는 사람은 많지 않다. 친구들의 메신저 프로필 사진을 훑어보면 금방 알 수 있다. 프로필 사진에는 본인 얼굴보다 풍경이나 물건을 찍은 것이 많다. 달리기하는 아이들, 맛있게 먹은 음식, 좋은 문구, 흩날리는 꽃잎, 햇살 가득한 창가에서 낮잠 자는 고양이……. 이런 사진은 환하게 웃는 모습이 담긴 셀피만큼이나 그 사람을 잘 보여준다. 사진에 보이는 풍경 뒤로 흐르는 그들의 이야기를 담고 있기 때문이다. 그들이 무엇을 중요하게 생각하는지, 요즘은 어떤 기분으로 생활하는지를 사진 한 장이 말해준다. 덕분에 우리는 메신저 프로필 사진을 통해 친구의 일상, 더 넓게는 인생을 본다.

모두가 사진을 찍는 시대다. 스마트폰에 달린 성능 좋은 카메라는 평범한 사람들도 사진을 찍게 만들었다. 사람들이 자신의 경험을 이야기하는 중심에는 사진이 있다. 사진을 보면 그 사람이 세상을 바라보는 시선을 읽을 수 있다. 찍고 표현할 수 있는 것은 더욱 다양해졌고, 우리에 관한 더욱더 풍부한 정보가 사진에 담기기 시작했다. 사진은 어느 한때의 모습을 기록하고 기억을 도와주는 것을 넘어 생각과 느낌을 표현하는 수단으로 확장되고 있다.

왜 사진으로
글을 쓰는가

갑작스럽겠지만 질문을 하나 하겠다. 다음 사진은 내가 아끼는 사진이다. 파란 하늘에 분홍색 꽃이 빛나고 있다. 이 사진은 무엇을 보여줄까? 나는 왜 이 사진을 찍었을까? 내 마음속에 답이 있긴 하지만, 정답 맞히기 놀이가 아니니 마음껏 상상력을 발휘해도 좋다.

친구들에게 같은 질문을 했다. 대부분은 꽃 이름을 맞히려고 했다. "이파리 없이 앙상한 가지에 꽃이 핀 걸 보니 봄꽃이라는 것은 알겠는데, 무슨 꽃이지? 매화인가?" 또 다른 친구는 "어딘가에 저런 벚꽃이 핀다던데. 우리나

라에서 유일하게 거기서만 핀대. 무슨 절이었는데……"라며 블로그를 검색해 그 절을 찾기 시작했다. "하늘도 파랗고 꽃도 예쁜데 왜인지 쓸쓸한 느낌이 드네"라는 감성적인 반응도 있었다. 똑같은 사진을 보고도 사람들은 모두 다른 생각을 했다. 외가의 풍경과 비슷하다며 갑자기 외할머니 생각이 난다는 이야기, 파란 하늘을 보니 역시 요즘 날씨가 좋아 아이스커피를 마신다는 이야기, 결혼하기 좋은 계절인데 외롭다는 말까지 이어졌다.

이쯤에서 답을 공개해야겠다. 이 사진은 내가 혼자 떠난 유럽 여행에서 찍은 첫 번째 사진이다. 구도도 엉망이고 색감도 충분히 담아내지 못해 아쉬운 사진이지만 여행의 설렘이 담긴 소중한 순간이다. 내가 이 사진으로 말하고 싶은 바는 눈에 보이는 것과 상관이 없다. 사진을 보는 사람들은 눈에 보이는 대로 해석할 수밖에 없으니 사진 너머에 있는 의미를 알아차리지 못하는 것은 당연하다. 아무 말 없이 앞뒤 좌우를 생략한 채 보여준 꽃 사진에서는 '여행, 유럽, 혼자, 아침, 처음'이라는 키워드가 보이지 않는다. 그렇다 보니 찍은 사람의 의도와는 상관없이 보는 사람들의 상황과 기억이 더해져 전혀 다른 의미

24

로 해석됐다.

베개 밑에 손을 넣어 휴대폰을 꺼냈다. 일곱 시 반. 여행자들의 방은 아직 어둡고 조용했다. 아 맞다. 여기 런던이지. 이불을 끌어안은 채 좀 더 자려고 애쓰다가 갑자기 현실감각이 돌아오면서 잠이 확 깼다. 뭐라도 해야겠다. 침대 아래로 굴러 들어간 운동화를 꺼내 신고 숙소에서 나왔다. 무채색 옷을 입고 무표정으로 출근하는 사람들 틈에 끼어 지하철역까지 걸었다. 아무런 계획 없이 나선 낯선 도시의 아침 산책이었으니 나는 무얼 봐야 할지 몰라 계속 두리번거렸다. 뭔가를 찍어보려고 꺼낸 카메라도 내 시선을 따라 방황했다. 그러다가 무심결에 '찰칵!' 하고 셔터를 눌렀다. "안녕, 런던! 이번 여행의 첫 번째 사진은 너구나! 이번에도 잘 부탁해!"

사진과 글이 나란히 있을 때 사진은 보는 사람의 자유로운 상상이 아닌 그것을 찍고 글을 쓴 사람의 이야기로 읽힌다. 글은 사진이 갖는 여러 의미 중 하나의 해석을 명시적으로 제시해 사진을 찍은 사람이 전하고자 하는 이야기가 정확히 전달되게 한다. 사진의 은근한 맛은 떨어지겠지만 대신에 명확함을 얻는다.

앨범 감상 규칙은 간단하다. 앨범에 있는 사진에는 빠짐없이 앨범 주인의 모습이 보인다. '아, 이때는 이런 머리를 했구나', '이런 표정을 자주 지었네', '이렇게 빼빼 마른 시절도 있었어' 이런 식으로 주인공의 얼굴을 따라가면서 고개를 끄덕이거나 박장대소하면서 감상하면 된다. 그런데 앨범 주인의 얼굴이 아닌 물건이나 풍경 사진이 계속될 때, 사진을 보는 사람들은 거기에서 어떤 것을 읽어내야 하는지 몰라 헤매게 된다. 외국인만 잔뜩 등장하는 사진이 왜 사진첩에 들어와 있는지, 어찌하여 그것이 본인을 보여주는 사진이라는 건지 이해할 길이 없다.

아무런 설명 없이 덩그러니 올라온 사진은 정말 풀기 어려운 수수께끼 같다. 여행 사진을 엮은 포토 북을 감동스럽게 내미는 친구에게 "멋지네", "정말 잘 찍었다", "좋았겠네", "부럽다"와 같은 말밖에 할 수 없다. 사진 뒤에 집채만 한 이야기가 있어도 눈에 보이는 작은 단서에 가려 아무것도 보지 못한다. 여행지에서 만난 친절한 현지인을 추억하기 위해 찍어둔 기차표 사진도 이야기가 더해지지 않으면 그냥 지나쳐버린다. 사진을 찍은 이는 사진에 담긴 순간과 전후 맥락을 읽을 수 있지만, 사진을 보는 사람은 겉으로 보이는 것 외에는 아무것도 알 수도 느낄 수도 없기 때문이다.

실력 있는 사람들은 사진 한 컷에 기승전결을 담고, 아무런 설명 없이도 울림을 주는 사진을 찍는다. 하지만 평범한 사람들은 느낌과 의도, 의미를 사진에 담아내는 데 몹시 서툴다. 우리가 찍는 사진들을 보면 '거기에 초록 나무 한 그루가 있었습니다' 혹은 '히스로 공항은 이렇게 생겼습니다'라고 말할 뿐 생각과 느낌을 제대로 담아내지 못한다. 그렇다고 내 삶의 소중한 부분인데 부족한 사진이라고 버릴 수도 없다. 사진으로 글쓰기는 사진만으로는 이해하기 어려운 내 인생의 소중한 순간들을 이야기로 살려낸다. 보통 사람이 찍은 사진들이 예술을 보여주기에는 부족할 수 있지만 한 사람의 인생을 담기에는 충분하다. 사진으로 글쓰기는 평범한 사람들이 찍은 보통의 사진들이 품은 이야기를 풀어낸다.

나는 사진을 통해 다른 사람을 이해할 수 있다는 말을 믿는다. 사진만 볼 때는 이해되지 않던 장면도 글이 더해지면 사진을 찍은 사람이 어떤 시각으로 세상을 바라보는지, 어떤 마음가짐으로 살고 있는지 선명해진다. 앨범이 어느 한때의 내 모습과 변화 과정을 보여준다면, 사진으로 글쓰기는 내 생각과 감정, 철학을 구체적으로 보여준다. 또한 단순히 사진 속 풍경이나 물건을 보는 것이 아니라 그것에 담긴 내 감정과 내 삶에 미치는 영향을 생각해보게 한다.

우리의 휴대폰과 디지털카메라, 외장 하드 속에는 인생의 중요한 순간을 담고 있으면서도 한 번도 제대로 소개한 적 없는 사진들이 넘쳐난다. 어느 아침의 감동적인 밥상, 내 마음을 온통 흔들어놓은 골목길, 커피 향이 그립던 날의 하늘……. 우리의 모습을 담고 있지는 않지만 소중하게 다뤄야 할 인생의 축복 같은 순간들을 위해 우리는 사진으로 글을 쓴다.

사진을 찍고 있다면
모두 글감 부자

　사진으로 글쓰기는 사람들에게 익숙한 소통 방식이
다. 사람들은 사진에 짧은 글을 더해 소셜 미디어에 올린
다. 단순한 단어 나열이나 한두 문장만으로도 친구들은
내가 무슨 말을 하고 싶어 하는지 알아듣는다. 사진이 있
기에 이런 소통이 가능하다. 소셜 미디어에 나이키 운동
화 사진이 올라오고 "드디어"라는 한마디가 붙어 있다. 친
구들은 알겠다는 듯이 호응한다. "축하해", "이게 그거?",
"멋지네"와 같은 댓글이 주렁주렁 달린다. 암호 같은 토막
말을 주고받으며 마음을 나누고 소통한다. 나이키 사진과

짧은 글은 한 편의 글이라고 할 수 있을까?

이 글은 이해와 공감, 두 가지 면에서 완성된 글이라고 보기 어렵다. 이해는 '글쓴이가 하고 싶은 말을 독자가 제대로 알아들었는가'이고, 공감은 '글쓴이의 이야기가 독자의 삶과 연결되었는가'이다. 친구들은 나이키 운동화 사진을 보며 부지런히 댓글로 반응했지만, 글쓴이를 전혀 모르는 사람이 볼 때는 이 상황이 신기하기만 하다. '이게 뭔데? 어쩌자는 거야'라는 생각이 절로 든다. 사진도 뜬금없고 그 말을 알아듣고 댓글을 다는 사람들을 보고 있자니 더 어리둥절하다. 내용을 이해할 수 없으니 공감하지 못하는 것은 당연하다.

친구들이 나이키 운동화 사진과 한 단어만 보고도 내용을 이해한 이유는 사진을 올리기 전부터 친구들에게 운동화 이야기를 공유했기 때문이다. 나이키 운동화가 어떤 의미인지 친구들은 이미 다 알고 있다. 소셜 미디어에 올리기 위해 사진과 글이라는 형식을 빌렸을 뿐이지 어젯밤 카페에서 나누던 대화를 이어간 것에 지나지 않는다. 한 편의 글이 완성되려면 나이키 운동화와 "드디어"라는 말 사이의 맥락을 친절하게 풀어내야 한다. 나는 왜 이

것을 갖고 싶었는지, 그동안 왜 가질 수 없었는지, 어떻게 이걸 갖게 되었는지, 손에 쥐게 된 순간 느낌이 어땠는지 등 운동화와 연결된 이야기를 담아야 한 편의 글이 완성된다. 운동화에 대해 전혀 모르는 사람도 글을 읽고 잘 이해할 수 있도록 말이다.

잘 쓰인 글은 독자에게 자기 이야기라는 인상을 주는 동시에 스스로를 돌아보게 한다. 그러므로 단순히 경험을 서술하는 데서 그치지 말고 독자의 삶과 연결되는 공감대를 마련해주어야 한다. 나이키 운동화 사진에 '어렸을 때 너무도 갖고 싶었으나 살 수 없었던 나이키 운동화. 첫 월급을 받고 나에게 주는 선물'이라는 내용을 풀어 정리하면 한 편의 글이 된다. 독자는 공감하는 순간 글쓴이에게서 자신을 본다. 이 글은 누구나 갖고 싶은 물건이 있었던 어린 시절을 떠올리게 한다. 여기서 중요한 것은 나이키 운동화가 아니다. 누군가는 분홍색 원피스를, 누군가는 옆집 친구가 가진 게임기를 갖고 싶었을 것이다. 겉으로 보기에는 접점이 없는 전혀 다른 물건들이 어린 시절에 느꼈던 공통된 감정을 움트게 한다. 나이키 운동화를 산 건 글쓴이지만 그 사건을 통해 생기는 감정은 글쓴이만의 것이 아니다. 공감하는 순간 눈에 보이는 것과 나란히 흐르는 마음의 조각들이 느껴진다. 이런 사진과 글을 보고 뭉클해질 때면 보이지 않는 감정이나 의미도 물건처럼 나눌 수 있다는 믿음이 생긴다.

소셜 미디어에 올라오는 글은 소재 면에서는 풍부하지만 주제는 빈약하거나 아예 없는 경우가 많다. 매일 소셜 미디어에 글을 올리고 사람들과 소통하면서도 여전히 글쓰기가 어렵다고 말하는 이유다. 소재는 글쓴이가 보여주는 사진과 말이고, 주제는 글쓴이가 전달하고 싶은 이야기다. 온갖 사진을 찍어 올릴 수 있지만 그것이 바로 이야기가 될 수는 없다. 내 경험이 소셜 미디어 전시를 넘어 한 편의 글로 완성되려면 나라는 출발점에서 끝나선 안 되고 글을 읽는 사람이 자신의 경험과 기억을 불러낼 수 있어야 한다. 자기 흥에 취해 풀려나오는 일방적인 독백을 객관적인 시각으로 보완하고 다듬는 시간이 필요하다. 짧은 순간을 담은 사진이 나만의 개별적이고 단편적인 경험의 나열을 넘어 사색과 의미가 있는 이야기로 완성됐을 때 비로소 독자들의 삶까지 퍼져 나갈 수 있다.

당신의 휴대폰 속
사진첩엔 100편의 글이 있다

친구는 여섯 살 딸이 만든 레고 작품을 사진 찍어 소셜 미디어에 올린다. 사람들의 칭찬 댓글이 쏟아진다. 하지만 모든 것은 그때뿐이다. 다른 사진들이 올라오면 그 아이의 레고 이야기는 곧 잊힌다. 친구의 소셜 미디어를 방문하는 사람들 중에 딸이 레고 만들기를 잘한다는 사실을 기억하는 사람은 거의 없다. 아이는 썰매장에 갔다가, 발레를 하다가, 어묵을 먹다가, 레고를 만들다가, 쿠키를 굽다가, 트램펄린을 뛰다가, 어린이집 생일잔치를 한다. 난잡한 일상이 섞여 올라오는 가운데 이 아이가 레고를 잘 만든다는 사실은 특별히 눈에 띄지 않는다.

만약 엄마가 아이의 레고 작품들을 쭉 모아서 하나의 작품집을 만든다면 어떨까. 한 장 한 장에 작품에 대한 에피소드를 기록해둔다면, 그렇게 100점의 작품을 모아놓는다면 누가 펼쳐보든 이 아이는 레고를 잘 만드는 아이라는 것을 알게 된다. 소셜 미디어에 잠깐 표현되고 지나가던 순간들이 아이가 오랫동안 쌓아온 결과물이 되는 순간이다. 매일매일 부지런히 담아온 성장 기록을 넘어 아이를 말해주는 이야기가 된다.

하나의 소재나 주제로 일상을 모아놓으면 겹겹의 경험들은 잘 정리된 이야기가 된다. 일상은 산만한 보푸라기 같은 일들이 어지럽게 섞여 있다. 쓸데없는 장면들을 생략하고 하나의 연관성으로 묶어낼 때 비로소 삶에 특별한 질서와 일관성이 생긴다. 모아두기만 했던 사건 속에서 의미 있는 장면들을 추려내고 꿰어 나를 보여주는 이야기로 완성해야 한다. 살아가는 대로 찍힌 사진이 우리를 보여주는 이야기로 자리 잡기 위해서는 전략적 재구성이 필요하다.

시간을 잘 모으면 내 인생에 깊게 흐르는 생각을 잡을

수 있다. 철학은 커다란 사건이나 말로 정리되는 것이 아니다. 내가 만들어가는 하나하나의 사건을 통해 생활 속에서 자연스럽게 나타난다. 순간의 선택과 판단, 만나는 사람들, 시간을 보내고 있는 장소들이 모두 내 철학을 담고 있다. 지나온 시간들을 담고 있는 사진들을 들여다보면 내가 중요하게 생각하는 것은 무엇인지, 어떤 마음가짐으로 살아왔는지와 만나게 되고 이것이 나의 철학이된다. 이런 탐구 시간을 통해 나를 좀 더 깊이 알 수 있다.

책을 한 권 쓴다는 것은 내 삶을 탐색할 수 있는 지도를 만들어가는 일이다. 내 삶을 탐색하는 방법은 여러 가지가 있으며 어떤 것을 선택하느냐에 따라 다른 것을 보여준다. 사람들은 그 이야기를 통해 내가 무엇을 말하고 싶어 하는지 알게 된다. 여러 가지 주제를 갖고 있다는 것은 삶을 다양한 방법으로 들여다보는 힘이 있다는 뜻이기도 하다.

그런 의미에서 휴대폰 사진첩은 글감의 보물창고다. 다양한 소재, 다양한 주제가 담겨 있기 때문이다. 시간 순서대로 모든 것을 이해하기에 우리 일상은 너무 복잡하게 구성되어 있다. 내 일상이나 인생 전체를 시간순으로 늘어놓는다면 주의 깊게 들어줄 사람이 몇이나 될까. 설령 대하소설에 버금가는 경험이 담겨 있더라도 무엇을 말하고자 하는지가 분명하지 않다면 공감을 얻기 힘들다. 따라서 자신의 삶을 돌보고 가지런하게 정돈하려는 정성과 노력이 뒷받침되어야 한다. 부지런히 모아놓은 수많은 장면 가운데 다른 사람들에게 보여주고 싶을 만큼 중요한 이야기들을 정리하고 편집하고 의미 있는 줄거리로 엮어 이야기를 완성해야 한다.

＊

＊

Part 2

사진에서
글감을 찾기 위한
5가지 키워드

#관찰
천천히 보고 기록하기

　"당신이 처음으로 쓴 글은 무엇인가요?" 글쓰기 강의에서 만난 사람들에게 이렇게 물어보면 대부분 그림일기나 독후감이라고 대답한다. 사람들은 밀린 방학 숙제를 하면서 집중적으로 글쓰기를 시작했다. 일기를 쓸 때면 마지막에는 꼭 느낀 점을 써야 했다. '즐거운 하루였다', '참 맛있었다', '기분이 좋았다'를 번갈아 가면서 덧붙이면 그림일기형 결론이 완성됐다. 독후감은 느낀 점을 쓰라고 대놓고 이름 붙여놓은 글이기에 좀 더 괴로웠다. 자신이 무슨 생각을 하고 있는지 몰라 어렵고, 산만한 감정을 선명한 글자로 정리해 꺼내놓아야 하니 막막했다. 글에는 중요한 생각과 느낌을 담아야 한다는 압박이 글쓰기를 주저하게 했다.

프랑스 작가 미셸 투르니에의 『외면일기』(현대문학, 2004)라는 책을 보면 그가 어느 학교 어린이들에게 매일 큼직한 노트에 일기를 쓰되, 내면이 아니라 외적인 세계로 눈을 돌려 사물, 동물, 사람 등을 담아 일기를 써보게 했다는 이야기가 나온다. 그러면 글을 더 잘, 더 쉽게 쓸 수 있게 되고 아주 풍성한 기록의 수확을 얻게 될 거라고 말이다. 이 말은 생각 쓰기, 느낌 쓰기의 무게에 짓눌려 글쓰기를 두려워하는 이들을 안심시킨다. 자신의 글쓰기 능력을 더 이상 의심하지 말고 편안한 글쓰기를 시도해보라고 격려한다.

보이는 것을 기록하는 것만으로도 좋은 글이 될 수 있다. 겉으로 보이는 것은 누구에게나 다 보일 텐데 굳이 글로 옮겨 적는 것이 무슨 의미가 있나 생각할지도 모른다. 그러나 사람들은 보고 싶은 것에만 집중하기 때문에 같은 풍경을 보면서도 모두 다른 지점을 본다. 그러니 느낌을 표현하는 것만큼 자신이 본 것을 잘 묘사할 줄 아는 능력도 훌륭한 재능이다.

　글을 쓰려면 사진을 찍는 것보다 천천히 봐야 한다. 사진은 특별한 인식 없이도 적당히 고르기만 하면 표현이 가능하다. 사진을 찍을 때는 제대로 보지 않아도 '꽃이 있네. 예쁘다' 정도만 생각하면서 셔터를 눌러도 된다. 꽃을 돋보이게 하는 데 꽃병 모양이 결정적임에도 불구하고 꽃에 집중하느라 꽃병은 관찰하지 못한다. 세세한 질감과 배치에 대한 고민 없이도 보기 좋은 사진을 찍을 수 있다. 반면에 글에는 자신이 본 것 이상을 담지 못한다. 글을 잘 쓰려면 기본적으로 관찰을 해야 한다. 글을 쓸 때 사소하게 놓인 소품에 시선과 마음을 주지 못하면 그것들을 글에 담을 수 없다. 꽃병이 어떤 모양이고, 물이 어느 정도 채워져 있으며, 꽃이 어떻게 기울어져 꽂혀 있는지 정확히 아는 데까지만 쓸 수 있다. 글로 표현하기 위해서는 천천히 정확히 관찰하는 것이 먼저다. 스쳐 지나가는 순간에 사진을 찍어 올릴 수는 있지만 글을 쓰는 것은 쉽지 않은 이유다.

　우리는 사진을 찍게 되면서 바라보는 것을 카메라에 모두 맡기고 관찰하기를 멈춰버렸다. 사진이 세상을 완벽히 저장해주고 내 기억을 보장해주리라 착각한다. 사진으로 글쓰기를 통해 우리는 느슨한 관찰에서 벗어날 수 있다. 표현할 단어를 모으는 사이에 내가 찍은 것이 무엇인지, 그 옆에는 어떤 것들이 있는지, 나는 왜 이 순간을 선택했는지 좀 더 세심하게 들여다보게 된다. 무책임하게 카메라 셔터만 누르던 것에서 벗어나 하나하나 의식하고 관찰하며 더 잘 보기 위해 노력한다. 사진 찍는 순간을 자세히 보기 시작하면 전에는 보이지 않던 것들이 보이고 다른 사람들이 담지 못한 것들을 표현할 수 있다. 비로소 우리가 좋아하는 장면을 카메라가 아닌 눈과 마음에 담을 수 있다.

1. 사진 고르기

사랑하는 사람과 함께 보고 싶은 풍경을 담은 사진 한 장을
골라보자. 화면이 꽉 찬 풍경 사진이면 된다. 한적하게 거닐던
바닷가 풍경도 좋고 화려한 밤거리 사진도 좋다. 놀이터나 시
장처럼 사람이 많은 사진에는 글감이 가득하다.

2. 기억 쓰기

사진을 선택했으면 일단 다시 닫아두자. 인화나 인쇄된 사진이
라면 뒤집어놓으면 된다. 사진을 보지 않은 상태에서 3분 동안
사진에 담긴 풍경을 써본다. 완성된 문장이 아니어도 좋다. 사
진을 찍을 때 봤던 것들을 떠올리면서 기억에 남은 것들을 기
록해보자.

3. 보이는 대로 쓰기

이번에는 사진을 들여다보며 보이는 것들을 하나하나 기록해
보자. 사진을 천천히 훑다 보면 새로운 것들이 보이기도 하고,
마치 어떤 사물이나 사람은 살아 움직이는 듯한 느낌을 받기
도 한다. 사진을 멀리서 한 번, 가까이서 한 번 보면서 장면을
스케치하듯이 모두 적는다. 눈으로 볼 수 있는 것은 의외로 많

고 다양하다. 사물의 이름과 특징, 상태 모두 좋다. 빛, 공간, 거리, 질감, 움직임, 크기, 명암을 잘 살펴야 한다. 바다 풍경을 담은 사진을 보고 있다면 파도가 부서지는 모양과 바위 색깔, 마른 모래 위의 발자국, 하늘과 바다의 경계선, 그림자의 기울기…… 자세히 들여다볼수록 많은 게 보인다. 숲속에서 찍은 사진이라면, 나뭇잎이 흔들리는 모습, 수많은 초록색, 나무들의 높낮이, 줄기가 뻗어 나간 방향…… 모두 좋은 글감이 된다. 2번에서 적은 것들과 비교했을 때 더 풍부해졌는가? 기억엔 남았는데 사진에는 담기지 않은 것, 사진에는 찍혔는데 기억엔 없는 것은 무엇인지 정리해보자.

4. 사진 확장하기

사진에서 보이는 것을 다 썼다면, 이번에는 사진의 네 귀퉁이를 넓게 확장하면 무엇이 보이는지 이어서 써보자. 사진 찍을 때 미처 담지 못한 장면을 표현해 사진을 더 크게 만들 수 있다. 사진은 세계의 한 부분이다. 우리가 아무리 열심히 주변의 일들을 사진으로 찍는다 해도 세상에는 언제나 그것보다 더 많은 것들이 존재한다. 잘려 나간 풍경에 대한 이야기는 사진에서 안 보이는 공간까지 경험을 확장시킨다. 사진의 위아래, 좌우에는 무엇이 있었는지 더해가면 된다. 잘린 도로를 더 길게 이어보고 그 끝에 무엇이 있었는지 기록한다. 사진에서 보이지 않는 장면도 글에서는 모두 살려낼 수 있다. 잘려 나간 풍경이 잘 떠오르지 않는다면 4절지 가운데에 사진을 붙여 놓고 나머지 여백에 잘려 나간 풍경을 스케치해보는 것도 좋다. 사진이 더 완벽해지기 위해서 더해야 할 것은 무엇인가?

5. 감각 쓰기

눈을 감고 오감을 열어 그 순간을 떠올려보자. 관찰이란 단순히 자세히 본다는 뜻이 아니다. 사람에게는 시각, 청각, 후각, 미각, 촉각이라는 오감이 있다. 되도록 많은 감각을 이용해 그 순간을 그려보자. 사진에 찍히지 않았지만 분명하게 그 순간에 존재했던 것들이 있다. 바람과 음악, 꽃향기, 따스한 햇살을 모두 기록해본다. 오감을 열어 감각을 표현하면 글에 생생함과 현장감이 더해진다.

#사건
시간을 확장시켜 맥락 찾기

친구들이 소셜 미디어에 올린 사진을 볼 때면 무슨 사진일지 혼자 맞혀보곤 했다. 사진만 본 다음 무슨 사연이 담긴 건지 상상해보고 그다음 친구가 쓴 글을 읽었다. 사진에 보이는 어떤 단서와 친구의 삶을 연결하려고 노력했지만 늘 어긋났다. 사진 한 장을 보고 거기에 담긴 맥락을 읽어내기란 불가능에 가까웠다.

사진에는 눈에 보이는 장면으로는 전혀 예상할 수 없는 사건들이 담겨 있다. 친구 셋이 나란히 바닷가를 걷는 뒷모습 사진을 보면서 좋은 친구들과 신나는 여행 이야기를 기대했는데, 암 투병 중인 친구와 어렵게 여행을 떠났다는 아픈 이야기가 이어졌다. 예쁜 빵 한 조각과 커피가 놓인 카페 사진을 보면서 낭만적인 카페 여행을 예상했지만, 친구는 말이 통하지 않은 여행지에서 커피 한 잔을 사기 위해 겪은 우여곡절을 풀어놓았다. 친구가 쓴 글과 함께 사진을 다시 보고 나서야 비로소 사진으로 하고 싶은 이야기가 온전히 이해됐다.

사건은 어느 날 갑자기 일어나지 않는다. 그 사건이 일어나기 전에 어떤 암시와 자잘한 일들이 더해지게 마련이다. 그것들은 모두 사진 속 순간과 연결되어 있다. 그런데 사진을 찍는 순간 그 사건의 전후 맥락은 잘려 나가고, 오로지 사진 한 장으로만 기록된 채 사라져버린다. 사진이 담은 이야기는 결과가 아니라 과정 속에 있기 때문에 그 전체 흐름이 전달되지 않는다. 사진 속 상황을 충분히 알지 못하면 사건이 왜곡되거나 잘못 해석될 수 있다.

사진은 명사가 아니라 동사다. 사진 속 장면이 기억을 불러일으킬 때 내 안에 떠오르는 것은 모습이 아니라 사건이다. 사진은 연속적으로 흐르는 시간을 잘라내 순간을 남기고, 그 사진을 볼 때면 우리는 기억 속에서 그 연속을 다시 불러온다. 사진 속 장면이 어디서부터 시작되어 여기에 이르게 됐는지 자동으로 재생되면서 머릿속에는 한 편의 드라마가 펼쳐진다. 사진을 온전히 이해하기 위해서는 보이지 않는 앞뒤 장면을 이어 붙여 맥락을 살려내야 한다.

사진으로 글쓰기는 사진 속에 잔뜩 웅크리고 있던 이야기를 차근차근 꺼내어놓는 일이다. 사진 속 정지된 순간을 계속 이어지는 장면으로 바꾸는 것은 글의 힘이다. 사진 속 장면은 찍기 직전에 어떤 일이 있었는지 또 그 후에는 어떻게 흘러갔는지 눈에 보이는 장면 너머에서 벌어지는 사건을 말해주고, 사진 한 장으로는 상상하지 못할 상황을 전달해주는 역할을 한다. 글은 사진 속 상황의 맥락을 찾아주고, 그 맥락은 사진이 전하고자 하는 이야기가 된다.

이렇게 해보자

1. 사진 고르기

   사연이 있는 사진 한 장을 골라보자. 할 말이 잔뜩 있는데 사진이 모든 것을 말해주지 못해 아쉬운 사진이 좋다. 이런 사진은 완성도가 떨어지는 경우가 많다. 가령, 흔들리거나 잘리거나 삐뚤어져도 괜찮다. 사진을 보다가 혼자 피식 웃게 되는 사진이라면 분명 나만 아는 재미있는 사건이 숨어 있다.

2. 사건 읽기

   사진 속에 어떤 이야기가 숨어 있는지 정리해보자. 예를 들어, 너도나도 찍는 평범한 공항 사진도 각자의 경험을 겹쳐 보면 전혀 다른 사진이 된다. 누군가에겐 소매치기의 기억, 또 누군가에겐 탑승 시간이 임박해 전력 질주를 해야 했던 긴장감 넘치는 기억, 낯선 새벽 공기의 기억, 현지인이 베푼 친절에 대한 기억, 또 여유로웠던 산책의 기억을 불러일으킨다. 이처럼 어떤 사건이 더해지느냐에 따라 사진 속 이야기가 달라진다.

3. 순간 확장하기

   사진 속 순간에 과거와 미래를 더해 연속성 있는 이야기를 만들어보자. 사진 속 장면은 사건의 시작일 수도 있고 끝일 수도 있다. 시간의 흐름이 담긴 전개 방식엔 서사와 인과에 따른 과정이 담긴다. 사실을 있는 그대로 적는 서사는 '누가 무엇을 했는가'에 초점을 두어 이야기를 풀어간다. 사건의 원인과 결과를 말하는 인과는 '왜'에 초점을 맞춘다. 서사와 인과를 적다 보면 사건의 과정을 자연스럽게 풀어가게 된다.

#관계
아끼는 사람들이 찍힌
사진 속 관계 읽기

파란 원피스를 입은 여학생과 분홍 티셔츠를 입은 남학생이 카페로 들어왔다. 음료를 주문하고 옆 테이블에 손을 맞잡고 앉았다. 여학생이 뭔가 생각났다는 듯 가방에서 하얀색 종이 뭉치를 꺼냈다. 남학생은 크리스마스 선물을 받은 아이처럼 환하게 웃으며 종이 뭉치를 풀었다. 거기에는 크기가 다른 사진이 스무 장 남짓 들어 있었다. 남학생은 고개를 15도 정도 오른쪽으로 기울인 채 아주 느린 속도로 사진들을 넘기며 봤다. 아이처럼 환한 미소는 어느새 아빠 미소로 바뀌었다. 종이 뭉치는 여학생

51

의 어린 시절 사진이었다.

사진 속 아이는 대여섯 살쯤 되어 보이다가 열 살쯤 되어 보이다가 다시 어린 아기가 됐다. 직접 고구마를 캤는지 높이 들어 올리며 환하게 웃고 있었고, 미끄럼틀 위에서 막 내려올 준비를 하고 있었고, 생일 케이크 앞에서 촛불을 끄고 있었다. 그 나이 때 아이들이 평범하게 보내는 일상과 다르지 않았다. 그런데도 남학생은 사진들을 대단한 집중력으로 살폈다. 사진을 보는 내내 보물을 손에 쥔 것처럼 행복해했다.

타인에게는 너무도 흔해 보이고 아무것도 아닌 사진들이 남학생에게 그토록 소중했던 이유는 두 사람의 관계 때문이다. 그녀에 대한 관심과 호기심이 남학생의 마음을 온통 사진에 쏟게 했다. 평범한 일도 내가 좋아하는 사람에게 일어나면 큰 사건이 된다. 대부분의 아이가 돌쯤 되면 두 발로 걷기 시작하지만 내 여자친구가 첫발을 뗀 순간이 담긴 사진은 특별하게 느껴진다. 아무리 작은 사실이나 모습이라도 아는 사람 이야기는 귀 기울여 듣게 된다.

사진에 찍히거나 사진을 찍은 사람이 나와 어떤 관계

를 맺고 있느냐에 따라 가치가 결정되는 사진이 있다. 아름다운 것 혹은 사회적으로 중요한 가치가 담겨 있지 않아도 상관없다. 단체 사진을 받아 들면 30여 명이 빼곡한 사진 속에서 가족의 얼굴을 가장 먼저 찾는다. 김연아의 갈라쇼 기념사진보다 조카의 발표회 사진이 비교할 수 없는 기쁨을 안겨준다. 초점이 흔들렸거나 사진 속 인물이 눈을 감고 있더라도 만약 그것이 딱 한 장 남은 엄마 사진이라면 자녀는 소중하게 여기며 보고 또 볼 것이다. 그 무엇도 이 사진을 대체할 수 없다. 많은 사람의 호응과 관심을 받는 이야기가 아닐지라도 나에게는 한없이 소중해진다. 내가 아끼는 사람이 담긴 사진은 단순히 종잇조각이나 어떤 사물이 아니라 특별한 감정이 담긴 그 무엇이 된다.

사진으로 글쓰기는 가까운 사람들의 인생을 연결해준다. 사진을 찍은 사람, 사진에 찍힌 사람, 사진을 보는 사람이 서로 어떤 관계를 맺고 있느냐에 따라 사진에는 새로운 이야기가 입혀진다. 관계를 담은 사진과 글을 읽다보면 나에게도 그런 사람이 있는지 생각하게 되고, 우리가 특별히 보살피거나 감사해야 하는 얼굴들이 자연스럽

게 떠오른다. 이런 사진과 글은 화려하지 않지만 사랑스
럽고 따뜻하다.

이렇게 해보자

1. 사진 고르기

특별한 사람에 대한 이야기가 담긴 사진을 골라보자. 좋아하는 사람이 찍힌 사진도 좋고, 내 사진도 좋다. 여러 사람이 담긴 사진이라면 사람들의 관계까지 살펴볼 수 있다. 특별한 사람이 찍어준 사진, 혹은 자신이 직접 찍은 셀피도 좋다.

2. 관계 살피기

사진에는 네 개의 시선이 있다. 사진에 찍힌 사람, 사진을 찍는 사람, 사진을 보는 사람, 그리고 사진과 글을 동시에 보는 사람. 이들이 누구인지 써보자. 이 시선들이 어떻게 만나고 어떤 관계를 맺느냐에 따라 다른 이야기가 만들어진다. 이때 단순하게 엄마, 아빠, 나와 같이 존재로 구분할 수도 있지만 과거의 나, 현재의 나처럼 시간을 교차해서 구분하면 더 다양한 감정과 이야기를 쓸 수 있다.

3. 감정 쓰기

사진 속 상황이나 사건, 보이는 사람과의 관계를 구체적으로 떠올려보자. 표정과 감정을 담은 사진이라면 그 의미를 해석한다. 사진을 찍을 당시와 현재 관계의 간극 또한 다른 이야기를 만들어낸다. 내가 잘 나온 사진이어도 헤어진 옛 애인이 찍어준 사진은 미련 없이 찢어버린다. 다신 볼 수 없는 사람과 오래전에 웃으며 찍은 사진이라면 아련함에 사진을 계속 쓰다듬게 된다. 사진에 담긴 것은 내 모습이 아니라 그 사람과의 추억이다.

4. 제외한 사람 떠올려보기

사진에서 관계를 살펴볼 때는 혹시 사진에서 제외된 인물이 있는지를 생각해보면 좋다. 사진을 볼 때는 사진에 보이는 것만큼 보이지 않는 것을 중요하게 다뤄야 한다. 예를 들면 가족사진을 고를 때 아버지가 없는 사진을 고르는 사람들이 있다. 아버지에 대한 감정이 사진 선택에 영향을 준 것이다. 제외된 인물이 없는지를 생각해보면 새로운 사건이 떠오르거나 불편한 감정을 확인할 수 있다. 당장 이야기로 엮기에는 어려울지도 모르지만 잘 정리하면 풍부한 감정이 담긴 좋은 글감이된다.

#추억
삶의 소중한 순간 다시 만나기

스마트폰 덕분에 우리는 모두 사진 부자가 됐다. 사진을 찍고 보고 소유하고 공유하는 것이 부담 없어졌으니 기회가 될 때마다 부지런히 쓸어 담는다. 마음에 안 들면 나중에 지워버리면 그만이라는 생각에 일단 찍고 본다. 친구가 보내준 사진도 내려받아서 무조건 저장해둔다. 카메라와 휴대폰 용량이 꽉 찰 때마다 외장 하드에 통째로 옮기고 다시 채우기도 한다. 다섯 살 아이가 놀이터에 떨어진 단풍잎을 줍듯 온 세상을 주워 담는다. 살아온 세월이 두툼해질수록 사진은 감당할 수 없이 늘어난다.

사진 정리를 할까? 산뜻한 마음으로 앨범을 열었다가도 엄청난 양의 압박에 숨이 막힌다. 그때그때 찍어놓은 사진들이 어지럽게 저장돼 있는 걸 보면 그것들은 다시 방치되기 십상이다. 그저 열심히 찍으면서 내 삶을 잘 기록하고 있다고 착각하면서 말이다.

추억을 돌아보는 것도 피곤한 일이 되어버렸다. 사진이 많다는 것은 더 이상 자랑이 아니다. 사진쯤이야 마음만 먹으면 순식간에 100장, 1,000장도 찍을 수 있는 세상이니까. 순간순간을 보면 모두 소중한데 밀려드는 다른 추억들에 의해 곧 잊힌다. 사진을 한 장씩 되새김질하기에는 너무 바쁘고 새로운 사진과 장면이 빠른 속도로 추가된다. 아주 많은 사진을 갖게 되었지만 마음에 담은 장면들은 점점 줄어든다. 이렇게 사진을 찍고 쌓아두기만 한다면 이 모든 사진을 누가 추억해줄까.

사진을 쌓아두는 것만으로는 나를 말해주는 기록이 되지 못한다. 사진을 나의 이야기로 바꾸려면 사진 더미 속에서 생산적인 장면을 뽑아내고 의미를 발견해야 한다. 흩어진 사진들을 모으고 그중에 어떤 것을 더 소중하게 다룰지 정리해야 한다. 그렇지 않으면 꼭 기억하리라 다짐했던 아끼는 순간들도 기록의 홍수 속에서 그렇고 그런 장면이 되어 흩어져버린다.

사진으로 글쓰기는 내 삶의 소중한 순간을 천천히 다시 만나는 일이다. 질주하는 삶을 살던 우리를 멈춰 세우고 돌아보고 생각하게 한다. 사진 주변을 서성이면서 그때 봤던 풍경과 만났던 사람들, 흥분과 설렘을 기억 속에서 끄집어낸다. 이때 이런 생각을 했지, 이런 사람과 마주쳤었지, 그 사람은 이런 목소리로 이야기했지 등 추억을 더듬으며 그때의 두근거림을 다시 체험한다. 추억은 다시 꺼내 보고 매만질 때마다 윤기를 더한다. 삶을 곱씹어 만든 단맛이 소중한 순간을 더욱 소중하게 만든다.

1. 사진 고르기

책상에 앉아 지난날을 회상하다가 떠오르는 장면이 담긴 사진 한 장을 골라보자. 특별히 떠오르는 장면이 없다면 사진들을 꺼내 천천히 보며 마음을 붙잡는 사진을 골라도 좋다. 어떤 추억은 아무런 자극 없이도 떠오르지만 어떤 추억은 사진으로 볼 때 불쑥 떠오르기도 한다.

2. 사진 재해석

사진에 두 가지 이야기를 입혀보자. 첫 번째는 사진을 찍을 당시의 이야기다. 오래된 사진 한 장을 꺼내 들면 그 시절 나에게 일어났던 일들이 한꺼번에 몰려오게 마련이다. 사진이 불러일으키는 사건과 감정을 기록해둔다. 두 번째는 사진을 찍을 때와 다르게 보이는 부분이다. 그때와 현재의 삶을 연결했을 때 새로운 이야기가 만들어진다. 지금까지 사진을 간직하고 있는 이유를 짚어보면 하나의 이야기가 나오기도 한다. 어떤 사진은 찍는 순간 의미를 갖고, 어떤 사진은 오랜 시간이 흐른 후 의미를 가진다.

3. 다시 찍기

분명 내 인생에서 중요한 순간이었는데도 사진으로 남기지 못한 경우가 있다. 다시는 반복되지 않을 순간이기에 사진이 없다는 점이 아쉬워진다. 이런 추억은 연관되는 다른 이미지로 대체해도 좋다. 사진을 다시 찍어보는 것이다. 그 이미지는 풍경일 수도, 졸업식과 같은 기념행사일 수도, 프러포즈를 받았던 카페 같은 공간일 수도 있다. 그렇게 연관되는 다른 이미지로 사진을 찍은 뒤 그때를 돌아보는 글을 남긴다면 추억을 기록하는 데에 도움이 된다.

친구들과 내 인생 최고의 식탁이 담긴 사진을 가져와 그에 대한 이야기를 나눈 적이 있다. 저마다 자신이 경험한 멋진 한 끼 식사를 뽐냈다. 채식주의자를 위해 알록달록 채소로 차린 특별한 밥상도 있었고, 지중해 파도가 코앞까지 들이치는 레스토랑에서 먹은 코스 요리도 있었다. 천장까지 불길이 솟아오르는 볼거리가 있는 식탁 사진을 가져온 친구는 육즙이 살아 있는 스테이크 속살의 부드러움을 이야기했다.

화려한 식탁 사진들 사이에 다소 초라해 보이는 밥상

이 있었다. 국과 밥, 그리고 몇 가지 반찬이 곁들여진 집밥이었다. 이 평범한 밥상이 어째서 특별한 식사들 사이에 들어 있을까. 그것은 친구가 엄마 생신날 직접 음식을 만들어 차려 드린 밥상이었다. 서툰 솜씨로 끓인 미역국이 상에 올라와 있었다. 먹을 줄만 알았지 얼마나 손이 많이 가는지 몰랐던 잡채를 만드느라 지지고 볶으며 고생을 했다. 몇 시간에 걸쳐 음식을 만들고 차려낸 밥상이었으니 얼마나 훈훈했을지 따로 설명하지 않아도 충분했다. 이런 음식은 맛으로 먹는 게 아니다. 겉으로 보기엔 평범했고, 화려한 식탁들 사이에서 초라해 보이기까지 했던 밥상이 의미를 알고 다시 보니 인생 최고의 식탁으로 꼽기에 충분했다.

이렇게 보자면, 야근 후 배고픈 와중에 만난 소박한 백반집 식탁도 최고가 될 수 있고, 마지막인 줄 모르고 먹었던 할머니의 밥상, 아이가 잠든 후 모처럼 식탁에 앉아서 편안하게 먹었던 엄마의 밥상도 최고로 꼽을 수 있다. 의미가 더해지면 평범한 사진도 모두 특별해진다. 의미가 더해진다는 건 누군가의 인생이 담겼다는 뜻이다.

우리가 중요한 기억을 마음에 품을 때 겉모습뿐 아니

라 의미도 함께 담는다. 삶의 많은 순간이 특별하게 기억
되지 못하고 그냥 지나버리는 까닭은 그 순간들에 의미
가 부여되지 않았기 때문이다. 사진은 눈에 보이는 것만
담기 때문에 깊은 의미를 놓칠 때가 많다. 살아가면서 겪
는 수많은 사건 중에 어떤 일은 내일이 되면 잊어버리고
어떤 사건은 지속적으로 삶에 영향을 준다. 나에게 어떤
사건이 일어났느냐가 아니라 그 사건이 나에게 미치는
파장을 이야기할 때 그 사건은 사라지지 않은 채 두고두
고 내 일상과 인생에 살아 숨 쉰다. 덧없이 지나가버리는
인생의 작은 부분도 의미를 부여하면 많은 순간이 특별
해지고 거기에서 기념할 만한 이야기가 탄생한다. 그 이
야기들이 이어져 내 삶의 역사가 된다.

이렇게 해보자

1. 사진 고르기

가까이 있는 사진에서 시작해보자. 휴대폰 바탕화면이나 소셜 미디어 프로필 사진에 대해 이야기해도 좋다. 그 사진에는 분명 마음을 건드린 사연이 깃들어 있다. 자주 바라보는 곳에 있는 사진 한 장에 대해 이야기하는 것으로 시작해보자. 사진만으로는 다 보여줄 수 없는 사연이 사진 안에 들어 있다.

2. 의미로 사진 찾기

적당한 사진을 찾지 못했다면 아래 주제를 보면서 사진을 선택해보자. 질문을 보고 문득 떠오르는 장면이 있다면 그것이 내 인생에 의미 있는 순간이다. 사진을 선택하고 나면 글감이 자연스럽게 엮여 올라온다. 왜 그 사진을 선택했고 그것이 내 인생에 어떤 의미인지를 풀어내다 보면 짧은 드라마 한 편이 완성된다.

- 내 인생의 처음 : 사진을 찍다, 용돈을 드리다, 여행을 떠나다, 혼자 살다, 사랑에 빠지다, 돈을 벌다, 편지를 쓰다, 여행에서 처음 사귄 친구…….
- 내 인생의 최고 : 가장 좋아하는 옷을 입고 찍은 사진, 최고

의 행운, 가장 높은 곳에서 찍은 장면, 자신 있게 만들 수 있는 요리와 그 요리를 나에게 알려준 사람, 노력해서 얻은 것 중 가장 값진 것, 공짜로 즐긴 것 중 최고, 먹어본 가장 비싼 요리, 나를 가장 행복하게 했던 칭찬, 남모르게 간직한 열정, 가장 가슴 아픈 이별, 힘들지만 끝까지 포기하지 않았던 순간⋯⋯.

- 내 인생의 휴식 : 여행 갔던 곳 중 살고 싶은 동네, 바람 속을 걷던 기억, 일요일 오전을 행복하게 보내는 나만의 비법, 산과 바다 중 어디가 좋은가, 온 마음을 다해 춤을 추던 순간, 가장 뜨거웠던 여름의 기억⋯⋯.

3. 의미 만들기

사진 한 장만 있다면 잘 몰랐을 작은 순간도 비슷한 사진 여러 장을 놓고 보면 순간들 사이에 의미가 생긴다. 집 앞 목련 나무 사진을 일주일 전과 오늘 찍어 나란히 올리면 시간의 흐름이 보이고 의미가 생긴다. 매일매일 셀피를 찍었다면 사진을 한 장 한 장 보는 것보다 1년 치를 모아서 한꺼번에 보는 것이 더 흥미롭다. 하나의 주제를 정해두고 연작 시리즈를 만들어봐도 좋다. 섬세한 눈으로 알아차린 작은 차이들을 글로 표현해보면 근사한 이야기가 된다.

*

*

Part 3

여행 사진

사진 찍은
장소에 대해 쓰기
#사건 #의미

　새해가 되면 휴대폰에는 전국 각지의 일출 사진이 모인다. 일출을 보러 간 친구들이 실시간으로 소식을 전한다. 해가 떠오를 지점이 붉은 기운으로 빛나기 시작하는 추암 해변, 형형색색 일렁이는 바닷빛이 장관인 성산일출봉, 층층이 쌓인 붉은 구름 길을 따라 해가 서서히 떠오르는 지리산까지 산과 바다로 흩어진 친구들 덕분에 이불 속에 누워서도 전국 방방곡곡의 새해 일출을 감상할 수 있다.

　친구들이 보내준 일출 사진을 보니 해 뜨고 지는 풍경

이 거기서 거기였다. 특별한 곳에서 찍었다는 말을 덧붙여서 그렇지 사진만으로는 장소를 구별할 수 있는 경우는 거의 없었다. '일출'을 검색해 사진을 살펴봐도 마찬가지다. 해가 가장 먼저 뜬다는 욕지도의 일출 사진도 설명 없이는 알아보지 못한다. 제주 사계 해변의 일출과 몰디브 해변의 일출은 뭐가 다른 걸까. 동해에서 떠오르는 일출 사진을 찍고 미코노스섬으로 가는 크루즈에서 찍었다고 말해도 믿을 것 같다. 그런데도 우리는 그런 사진들을 보면서 특별한 일출이라며 감동하곤 한다.

사진을 특별하게 만들어주는 것은 거기에 담긴 풍경 자체가 아니라 사진을 찍을 때 두 발을 딛고 서 있던 장소다. 흔한 풍경 사진도 장소 이야기가 더해지면 다시 보게 된다. 일출이나 일몰 사진을 골라 어디서 찍은 사진인지, 왜 그곳에 머무르게 됐는지, 장소는 나에게 어떤 의미인지 기록해보면 비슷한 풍경이 달라 보인다. 사진에 보이는 풍경과 내가 있는 공간 사이의 거리가 새로운 이야기를 만들어낸다.

여행 사진은 장소에 의미를 부여하기 좋다. 사진을 찍은 장소는 사진의 가치를 결정하는 중요한 단서가 된다.

글로 여행 장소를 풀어보면 사진에 보이는 풍경뿐 아니라 사진을 찍을 때 내가 서 있던 공간까지 둘러보게 된다. 단순히 여행지를 소개하기 위한 글이 아니라 그 장소가 품고 있는 의미를 짚어보고 내 삶과 연결해보게 된다. 커피 한 잔을 마셔도 여행 중이라면 다른 감성이 돋아난다. 사진만 보면 똑같은 프랜차이즈 브랜드 커피 한 잔이지만 시애틀에서 마시는 아메리카노와 제주 애월에서 마시는 아메리카노는 맛과 향이 다르다. 사진에 담긴 의미 또한 다르다. 그래서 사람들은 집 앞 공원에도 단풍이 널려 있건만 굳이 단풍을 담겠다며 내장산을 오른다. 가로수 곳곳에 흐드러진 벚꽃을 두고 산 넘고 물 건너 진해의 벚꽃을 찾아가는 것도 다 이유가 있다. 무엇을 하고 무엇을 보느냐가 아니라 어디서 사진을 찍었느냐가 그 사진에 대한 이야기인 셈이다.

〈모아이 앞에서〉

대학생 때였을까? 우연히 석양 무렵의 모아이 석상 사진을 보고 나도 해 질 무렵 석상 앞에 앉아 모아이를 마주하고 싶다는 생각을 했다. 남미에 가게 된 계기가 파타고니아 사진 한 장이었다고 했지만 어쩌면 불씨는 대학 시절 때부터 가슴 한편에 자리 잡고 있었나 보다. 파타고니아 사진은 기름 역할을 한 셈이고! 일정 한가운데 라파누이(이스터섬)를 넣고 항공권을 끊고 나니 여행이 더욱 근사해졌다.

이제 그 앞에 앉아 있다. 3일 동안 해 질 무렵 모아이 앞에 원 없이 앉아 있다가 남태평양 밤바다를 보며 한 시간가량 걸어 숙소로 갔다. 때로는 혼자 때로는 많은 사람이 그 풍경을 함께 가슴에 담았다. 하나의 동경이 현실이 된 그 사실만으로도 라파누이에 와 있다는 것이 뿌듯했다.

내면의 불씨가 꺼지지 않고 타오르는 순간! 그 순간 우리는 삶의 희열을 체험한다. 당신과 나, 우리 안에는 수많은 불씨가 살아 있다. 언젠가 불타오르기를 기다리면서.

여행하면서 글쓰기

#관찰 #추억

기억은 시간이 지날수록 희미해진다. 여행지에서 이 런저런 일을 겪으며 들었던 생각과 감흥은 돌아온 직후 에 가장 선명하다. 일상과 특별한 경험의 간극에서 헤매 느라 평범한 나날의 일과 중에도 매번 여행의 순간을 곱 씹게 된다. 누구를 만나든 여행에서 찍은 사진을 보여주 며 이야기를 풀어놓곤 한다. 그러다가 일상에 매몰되면 여행이 남겨준 것들을 까맣게 잊어버린다. 이후에는 여행 사진을 거의 보지 않게 된다.

사진을 왜 찍었는지 얼마나 오랫동안 기억할 수 있을

까? 독일의 심리학자 마르틴 슈스터에 따르면 정서에 대한 기억이 가장 먼저 사라진다. 1년이 지나기 전까지는 사진을 찍은 장소와 계기, 그 당시의 느낌을 기억한다. 시간이 조금 더 지나면 사진이 있다는 사실과 장소는 기억하지만 그때 어떤 일이 일어났고 어떤 기분 상태였는지 거의 기억나지 않는다. 3년 정도 지난 여행 사진 중 당시의 정서를 불러일으키는 사진은 10퍼센트에 불과하다.

사진을 찍을 때의 느낌이 얼마나 쉽게 사라지는지는 경험을 통해서도 알 수 있다. 여행 사진을 보다 보면 왜 찍었는지 모르겠는 사진이 수두룩하다. 찍었다는 사실조차 기억하지 못하는 사진도 많다. 분명 무언가에 이끌려 셔터를 눌렀을 텐데, 그게 무엇이며 어떤 마음이었는지 알아볼 수 없다. 분위기에 취해 찍었던 사진들 앞에서 어리둥절하다. 헐벗은 선인장과 시커먼 보도블록은 무엇을 기억하고 싶은 것이며 왜 찍은 건지 그때의 나에게 묻고 싶어진다.

사진이 모든 것을 저장해주리라 믿어서는 안 된다. 사진을 찍을 때는 언제든 이 사진만 보면 지금 이 마음이 그대로 되살아나리라 기대한다. 하지만 사람의 기억은 허

약하기 짝이 없어서 여행에서 돌아오고 다른 일들이 겹치면 당시의 설렘은 곧 기억에서 사라진다. 흥분하면서 찍었던 사진들은 인터넷 검색으로 쉽게 찾아볼 수 있을 정도로 흔해져 아무런 감흥도 불러일으키지 못한다.

여행 사진을 언제까지 정리해야 하느냐에 대한 대답은 사람마다 다르겠지만, 확실한 건 빠를수록 좋다는 것이다. 생생한 느낌을 담으려면 여행의 흥분이 가시기 전에 기록해야 한다. 1박 2일 여행 사진은 가방을 풀기 전에 정리해야 하고, 등산 후기는 뭉친 다리 근육이 풀리기 전에 써야 한다. 여행 후기를 일주일씩 미루는 것은 썩은 생선으로 회를 치는 것과 같다. 여건이 된다면 여행하는 도중에 기록하는 것도 좋다. 여행 중 쓴 글에는 감성이 풍부하게 담겨 나중에 보면 '이걸 내가 썼어?'라며 스스로 감동하기도 한다. 따라서 항상 필기구를 챙겨 다니는 습관을 들이는 것이 좋다. 노트는 작은 가방에 부담 없이 챙길 수 있는 손바닥만 한 크기면 충분하다. 일정과 일정 사이 잠깐의 휴식 시간에 노트를 펼치기만 해도 무엇이든 쓰게 된다. 사진을 찍었다는 것은 그 순간 특별한 감정을 느꼈다는 뜻이다. 그 감정을 소중히 여긴다면 느낌이 휘

발되기 전에 팔딱이는 기억 그대로를 기록해야 한다. 최근에 다녀온 여행 사진을 꺼내 현장감이 살아 있는 글을 더해보자.

✳

호이안에 청각장애인들이 운영하는 카페에 앉아 있다. 왁자지껄한 호이안 시장 골목을 지나 카페에 들어서는 순간 전혀 다른 세계가 열린다.

직원은 주문한 커피를 갖다 주면서 "커피가 다 내려올 때까지 기다려주세요"라는 메시지를 몸과 표정으로 전한다. 수화가 아니라 보디 랭귀지다. 요란하지 않은 몸동작인데 그가 하고 싶은 말을 알아들을 수 있다는 게 신기하다. 테이블 위에는 직원에게 요청할 수 있는 간단한 단어가 쓰인 나무토막이 있다. 겨우 일곱 조각인데 이 정도면 카페에서 필요한 모든 걸 해결할 수 있다. 직원을 부르고 아무 말 없이 이 나무토막을 보여주면 된다. 여러 사람의 손을 거친 나무토막은 거칠게 낡아 있다. 사람들 사이에 마음이 오간 흔적이 고스란히 남아 있어 여러 번 만지작거려본다.

카페에는 따뜻한 고요가 가득하다. 모두가 한마음일 때 이러한 고요함이 찾아온다. 카페는 꽉 찼지만 손님들은 대화를 하기보다는 나란히 창밖을 응시하고 있어 말소리가 거의 들리지 않는다. 나무토막을 들었다 놓는데 달그락거리는 소리에 스스로 놀랄 정도다. 쿠키를 잘라 먹는 손길도 조심스럽고 커피잔을 들었다 놓을 때도 두 손으로 내려놓는다. 천장에 있는 커다란 선풍기가 윙윙 소리를 내며 천천히 돌아간다. 시간이 선풍기 속도에 맞춰 아주 느리게 흐르고 있다.

느낌이 있는 공간
묘사하기
#관찰 #의미

요즘은 방에 앉아서도 어디든 가볼 수 있다. 손가락만 까딱하면 홍대 카페뿐 아니라 동유럽 광장이나 남아메리카 폭포까지 눈앞에 펼쳐진다. 블로거와 유튜버가 세계 구석구석을 친절하게 찍어 나르고 유명 연예인이 직접 카메라를 들고 출동하기도 한다. 직접 봤다면 놓쳤을 세세한 부분까지 가보지 않고도 확인할 수 있다.

나도 어딘가에 갈 때마다 부지런히 사진으로 담았다. 누구보다 자세히 공간을 찍어 올리고 싶었다. 내가 좋아하는 공간을 소개할 때면 구석의 먼지까지 보여줘야 한다는 강박을 내려놓기가 어려웠다. 여행 갔을 때는 특히 더 그랬다. 단 한 번 주어진 기회라는 생각에 셔터를 멈출 수 없었다. 혹시나 중요한 장면을 놓칠까 같은 자리에서 기관총을 쏘듯이 셔터를 마구 누르곤 했다. 남들에게 보여줄 사진을 찍느라 바빠 정작 내 눈과 마음에 풍경을 담지 못하기도 했다. 그렇게 찍은 사진들을 빨래 널 듯 블로그에 주렁주렁 걸곤 그곳에 다녀왔음을 자랑했다.

모든 게 뻔해졌다. 너무 많은 정보 때문에 어디에 가도 신선하지 않았다. 정보라는 이름으로 세상의 모든 비밀과 우연이 공개되고 공유된다. 누군가 사진으로 찍어 올린 곳이 좋아 보이면 다들 우르르 몰려가 똑같은 사진을 찍어 왔다. 이미지를 검색하면 이게 내가 찍은 사진인지 다른 사람이 찍은 사진인지 헷갈릴 정도가 되었다. 여행이란 그저 다른 사람이 추천하고 사진으로 스무 번쯤 봤던 곳을 일일이 다시 내 눈으로 확인하는 것에 불과했다.

내가 좋아하는 공간을 소개할 때만큼은 사진을 아껴 쓰기로 했다. 딱 사진 한 장만으로 공간을 소개해보는 것이다. 거기에 무엇이 있었는지 낱낱이 사진으로 보여주는 대신 내가 보고 느낀 것들을 글로 쓴다. 함께 손을 잡고 그곳을 소개하듯이 조곤조곤 이야기로 풀어낸다. 사진이 아니라 내 마음속에 남아 있는 공간은 어떤 풍경인지, 어떤 단어를 남겨주었는지 글로 풀어놓다 보면 다시 한 번 들여다보게 된다. 내가 아끼는 공간들이 즐김이 아니라 아낌을 받을 수 있길 바란다.

느낌이 가득한 공간은 사진보다 글로 표현됐을 때 더 마음을 움직인다. 미술관과 도서관, 박물관, 산책길, 공연장은 사진 한 장으로 소개하기 좋은 공간이다. 공공장소이면서도 개인적인 장소이기 때문이다. 충분히 머물고 공간을 마음에 품은 후 사진을 고른다. 천천히 걸으면서 그 느낌을 보여줄 수 있는 사진 한 장은 어떤 것인지, 그 풍경 앞에서 나는 왜 서성였는지를 생각하다 보면 발걸음도 자연스럽게 느려진다. 이때 오감을 열어 공간의 분위기를 충분히 수집하는 게 중요하다. 사진을 바쁘게 찍기보다는 그곳이 나에게 남겨준 것들을 마음에 담는다.

사진은 모습을 보여주고 글은 그것을 상상하게 만든다. 글은 보는 사람의 눈이 아닌 마음을 그곳으로 데려간다. 공간의 은근한 맛을 남겨두면 신비롭고 알고 싶은 공간이 된다. 비밀과 우연이 살아 숨 쉬는 공간을 쌓아가는 것은 귀한 경험이다. 나는 사진과 글을 보는 사람이 그곳에 대해 정확히 알기보다는 그곳의 공기와 향기를 상상하여 새로운 곳으로 만들어내기를 바란다. 그리고 언젠가 친구가 그곳을 찾아갔을 때 나와 다른 것을 보고 느꼈으면 좋겠다. 마치 보물찾기를 하듯이 '그때 말한 곳이 여기였구나' 하면서 하나씩 찾아가는 재미도 남겨두고 싶다.

파주 임진강변 반구정. 아담한 정자도, 구름 낀 하늘빛을 닮은 강물도, 강 건너 장단면의 한적한 풍경도 좋았지만, 제일 인상적인 풍경은 정자를 가린 숲, 그러니까 숲에 정자가 숨은 풍경이었다.

숲에는 두 개의 정자가 있다. 반구정과 앙지대. 지금의 반구정은 고쳐 옮겨 지은 거고, 원래 자리에 새로 세운 게 앙지대다. 정자 자체는 대단치 않지만 보이는 풍경은 제법 근사하다. 임진강은 두어 번 굽이쳐 한강과 합수, 조강이 된다. '할아버지강'이라는 뜻의 조강은 임진강과 합쳐진 한강 하류를 가리킨다. 부근의 강가 마을 중에 김포 조강리도 있다. 강 건너 작은 평야 지대는 콩으로 유명한 장단이고 그 너머 산줄기는 북한이다.

황희 정승이 반구정을 숲에 지었는진 모르겠지만 아마 그러지 않았을까. 길과 문으로 들어오는 세상 소식보다 땅과 물이 만든 단순한 풍경이 좋아서.

날씨가 여행자에게
가져다주는 것들
#관찰 #사건

여행의 기분은 장소, 사람, 날씨로 결정된다. 세 요소가 어떻게 조합되느냐에 따라 웃기도 하고 울기도 한다. 장소와 사람은 여행을 가는 사람이 결정할 수 있다. 하지만 날씨는 선택할 수 없다. 대략의 일정을 조정해서 장마와 태풍을 피하기도 하지만 갑작스러운 날씨는 언제나 존재한다. 인상적인 여행 에피소드를 얘기할 때 가장 많이 등장하는 날씨가 비와 바람이다.

바람은 눈에 보이지 않지만 다른 것에 자신을 실어 우리 앞에 나타난다. 사물을 흔들어 어떤 광경을 연출하기도 하고, 이것과 저것을 부딪히게 해서 인상적인 소리를 내기도 한다. 가령, 나뭇잎의 작은 움직임에서, 놀이터 미끄럼틀 위에 힘차게 돌아가는 풍속계에서 우리는 바람을 본다. 또한 내 이마를 간지럽히고 꽃향기를 타고 날아오르기도 한다. 바람이 어디에 가닿느냐에 따라 모양도 되고 소리도 되고 향기도 된다.

사진으로 바람을 표현하려면 카메라 셔터 속도를 조절하면 된다. 사진은 찰나를 기록하지만 정확히 따지면 한순간이 아니다. 셔터가 열리는 순간부터 닫히는 순간까지 시간의 흐름이 찍힌다. 셔터 속도 1/500초로 풍경 사진을 찍었다면, 1/500초 동안 풍경이 변하는 모습이 담긴다. 정말 눈 깜짝할 사이의 짧은 시간이라 우리는 사진에 담긴 게 한순간이라고 생각한다. 셔터 속도를 느리게 하면 셔터가 열린 시간 동안의 나뭇잎 움직임이 사진 한 장에 모두 담긴다. 사진에는 나뭇잎이 여러 개 겹쳐 보이면서 바람이 찍힌다.

그게 전부가 아니다. 바람이 전해준 꽃향기나 나뭇잎 흔들리는 소리는 사진에 찍히지 않는다. 어떤 바람은 시선이 닿지 않는 곳에 가닿기도 한다. 그렇다고 바람을 알아차리기 위해 초능력이 필요한 것은 아니다. 바람 감각은 멈춰 서서 귀를 기울이고 바람에게 기회를 주는 사람이라면 누구나 누릴 수 있는 행운이다. 바람이 내 몸의 어디로 불어와서 어디로 지나가는지만 느껴도 감각이 살아나기 시작한다. 바람 감각은 시각, 청각, 후각, 미각, 촉각으로 나눌 수 있는 것이 아니라 온 감각을 열어야 제대로 느낄 수 있다.

사진으로 글쓰기는 사진에 온전히 담기지 않는 바람을 전해준다. 머릿결을 흩날리는 바람과 윤기 나는 뺨을 스치는 바람이 어떻게 다른지 이야기하기 위해서는 글의 힘을 빌려야 한다. 바람은 눈에 보이는 것이 아니라 마음 어딘가를 건드리며 지나가기 때문이다. 내가 맡은 향기, 간지러운 느낌, 어디선가 들려오던 작은 노랫가락은 모두 바람이 전해준 것들이다. 하늘에 떠 있는 구름을 보며 느껴지는 바람의 간격, 속도, 냄새, 색깔은 모두 이야기가 된다. 머릿결이 흩날리는 것으로 바람의 속도를 느끼고 몰려오는 꽃향기에서 바람의 간격을 헤아려본다. 내 감각을 깨우고 마음을 움직이는 날씨가 담긴 사진을 보며 글을 써보자. 그것이 비나 눈이든, 쾌청한 공기든, 혹한이든 찌는 듯한 더위든 평소엔 잠자고 있던 감각을 깨워 나에게 분명 깊은 인상을 남길 것이다.

✳

가파도에 들어간 다음 날 새벽, 비가 오는데도 보리밭 산책을 나갔다. 비가 오고 파고가 심해 아침 첫 배를 타지 못하면 뭍으로 나갈 수 없을지도 모른다는 소리를 듣고, 보리를 더는 볼 수 없을 것 같아 아쉬웠기 때문이다.

바람이 너무 심해 우산이 곧잘 뒤집어지기에 아예 커다란 숄로 머리를 감싸 매고 들로 나갔다. 흐린 하늘에는 태양의 뒷모습조차 보이지 않고 길가의 들풀과 갯무꽃이 바람에 사정없이 흔들렸다. 해안 길 낮은 언덕을 올라 보리밭 사이로 갔다. 보리 역시 사정없이 흔들리고 있었다. 시야를 좀 더 확보하기 위해 밭 사이의 얕은 돌담 위로 올라갔다.

아, 나는 그곳에서 내 인생 통틀어 가장 장엄하고 아름다운 장면과 마주하고야 말았다. 바람은 사정없이 불고 보리들은 있는 대로 몸을 뒤틀고 있었다. 사방에서 들이치는 쓰나미처럼 바람은 보리를 이리저리 흔들어댔다. 보리가 만들어내는

물결은 무정형의 아름다운 춤이었다. 한바탕의 몸살이자, 살풀이였다.

바람이 어떻게 부는지 보리 물결이 생생하게 보여주었다. 왜 보리만 그리는 작가가 생기고 보리만 찍는 사진가가 생기는지 그냥 이해되었다. 왜 우연이 나를 가파도에 데려다 놓았는지도 너무나 분명해졌다.

아후야, 아후야, 그 아름다움을 감당할 수 없어 내 몸은 계속해서 탄식을 뱉어냈다.

나만의
여행기를 쓰는 방법
#사건 #관계

마음껏 사진을 찍을 수 있게 되면서 가장 많이 쏟아져 나온 글 중 하나가 여행기다. 사람들은 길고 짧은 여행을 다녀오면 사진과 함께 자신이 보고 들은 것을 빼곡하고 친절하게 정리해서 글로 완성한다. 여행 글쓰기 강좌가 따로 생길 정도다.

누구나 자신만의 여행기를 쓰고 싶어 한다. 사람들은 같은 곳을 다녀오고서도 다른 여행 이야기를 들려준다. 가이드북이 아닌 여행 에세이를 찾아 읽는 이유는 같은 장소에서 펼쳐지는 다양한 사건을 경험하고 싶기 때문이다. 어디서 무엇을 봤느냐가 아니라 어떤 경험을 했느냐가 여행 이야기가 된다.

여행기를 읽다 보면 특별함은 대개 장소와 사람의 조합으로부터 나온다. 여행지에서 만난 사람들은 나만의 여행 이야기를 만들어준다. 현지인과 대화를 나누거나 집으로 초대받는 사건은 오로지 그때 그 순간이었기에 만날 수 있는 행운이다. 다른 사람의 여행기에서는 볼 수 없는 이야기를 쓰고 싶다면 여행지에서 만난 매력적인 사람을 이야기하면 된다.

할아버지가 갑자기 카페 안으로 들어가더니 무언가를 손에 들고나오셨어. 그건 사진 두 장이었어. 지금보다 조금 젊었던 적 할아버지 사진 한 장과 손자로 여겨지는 아기 사진 한 장. 할아버지는 손자와 함께 찍은 사진이 없는 게 무척 아쉬우셨던 거야. 어떻게 그런 생각을 다 하셨는지 할아버지는 내 카메라로 두 장의 사진을 함께 찍어 달라고 하셨어. 그러니까 따로 찍은 두 사진을 다시 한 장의 사진 속에 담고 싶으시다는 말이셨지. 조금 뭉클해지더라.

_『나의 지중해식 인사』, 이강훈, 열린책들, 2007.

이런 여행기를 읽으면 지중해 마을을 찾아가 이 할아버지를 만나 눈인사를 나누고 싶어진다. 하지만 그 어떤 완벽한 여행 가이드북에서도 이 할아버지를 찾아가는 방법을 설명해주지 않는다. 같은 장소를 찾아가더라도 할아버지를 만날 수 있다는 보장이 없으며 할아버지가 다시 사진을 가지고 와서 찍어달라고 할 일은 아예 없다. 작가만의 고유한 이야기가 완성된 순간이다.

여행의 즐거움은 어떤 사람과 만나느냐에 달렸다. 사람 이야기가 빠지면 여행 사진은 그저 멋진 풍경 사진의 나열일 뿐이다. 여행지에서 자신의 삶을 펼쳐가는 사람들의 흔적은 풍경 사진에 생기를 불어넣어준다. 풍경 사진만 가득한 가운데에도 마음을 나눠주고 다정하게 말을 걸어주며 친절을 베풀던 사람들과의 만남이 있다. 여기에서 우리의 생생한 여행기가 완성된다. 이런 경험과 만남이 쌓이지 않는다면 컴퓨터 앞에 앉아 유튜브로 세계를 여행하는 것이 훨씬 안전하고 간단하다. 돈도 안 들고 말이다. 사람들이 오늘도 가방을 챙기고 기차를 놓칠까 봐 서두르는 이유는 아무도 경험하지 못했던 나만의 인연을 만나게 되리라는 기대 때문이다.

봄동. 어느새 추워졌을 때 씨를 뿌리고, 한창 추울 때 노지에서 나고, 아직 추울 때 수확하는 봄동. 그래서 봄동은 작고 여리지만, 맛은 달달하고, 부드럽고, 깊다. 새벽 꽃잠 베갯머리에 두고 네댓 시에 나와 장흥에서 진도까지 와 봄동을 캐는 아낙들. 고된 노동과 추위 달래려 아침참에 소주 두어 잔 드셨는데, 한 할머니께서 〈진도아리랑〉을 부르신다. 2절로 넘어가면서 가락은 흥겨워지고 할머니의 손은 덩실 춤을 추기 시작했고, 다른 아낙들의 궁둥이도 들썩거린다. 일흔다섯 박서애 할머니의 가락은 예사롭지 않았다. 봄동 상자 북 삼아 낫으로 장단 맞추시는 고수 할머니께서는 몸져누우셨다는데, 그게 못내 아쉬울 뿐이다. 진도의 밭두렁에 앉아 〈진도아리랑〉을 들으며 달달한 봄동 잎에 곁들인 막소주, 무형문화재가 따로 없다.

사진을 찍기 위한
기다림과 과정

#사건 #의미

소셜 미디어에 올라온 사진을 넘겨보는 아이의 손놀림이 빠르다. 휴대폰 화면이 오르락내리락 춤을 춘다. 사진을 한 장 한 장 보기는 하는 건지 아니면 그냥 습관적으로 화면을 넘기고만 있는 건지 모르겠다. 사진 한 장에 머무는 시간은 1초 남짓. 그보다 더 빠르게 지나갈 때도 있다.

사진을 찍는 사람들이 사진 한 장을 찍기 위해 들이는 공에 비하면 감상 시간은 너무 짧다. 그들은 사진을 찍기 전 사람들의 시선과 관심을 끌기 위해 고민에 고민을 거듭한다. 풍경 속 사람이 어떤 색깔 옷을 입고 있는지, 어디쯤에 어떤 포즈로 서 있는지, 몇 살인지에 따라서 다른 풍경이 된다. 사람이 지나가느냐 개 한 마리가 지나가느냐에 따라서 풍경 사진의 느낌은 하늘과 땅만큼 차이가 난다. 사진을 찍는 사람은 원하는 느낌을 잡을 때까지 기다려 그 순간을 담아낸다. 깊은 사진을 만들어내기 위해 얼마나 많은 노력과 기다림이 필요한지는 일일이 나열하기도 어렵다.

사진은 모든 과정을 숨긴 채 결과만 보여준다. 사실 사진을 찍기 위해 필요한 시간은 1초도 되지 않는다. 사진을 찍는 데 오랜 시간이 걸렸다면 대부분은 고민과 기다림의 시간이다. 사진작가는 자신의 고생스러운 촬영 과정은 사진 한 장의 영광 뒤에 숨긴 채 오로지 사진을 통해 이야기한다. 모든 노력의 순간을 결과물 하나에 쏟아붓는다. 늘 사람들로 붐비던 골목에서 기다리고 기다려 골목이 텅 빈 순간을 담아낸 사진을 보고 사람들은 늘 사람이 없는 한적한 골목이라 생각할 것이다. 긴 시간을 기다려 담아낸 행운과 같은 장면임을 알 길이 없다.

사진으로 글쓰기는 사진을 찍기 위해 기다리던 시간

을 표현하기도 한다. 사진에 담고 싶었던 느낌과 감정, 의미가 기다림의 시간 속에 들어 있다. 결과물이 나오기까지의 과정이 표현된 글을 읽다 보면 그 한 장의 사진을 위해 어떤 기다림과 실패작들을 거쳐야 했는지 비로소 알게 된다. 그러면 어떤 사진도 허투루 볼 수 없다. 원하는 한 장면을 찍기 위해 1년 후 다시 그 자리를 찾아왔다는 이야기를 읽는다면, 감상자이자 독자는 사진과 글에 좀 더 오래 머물게 된다. 많은 사람을 담기 위해 기다리던 시간들, 원하는 파도 모양을 담기 위해 찍었던 무수한 실패작들, 일몰이 예쁘게 찍히는 시간에 맞춰 셔터를 누르던 순간들에 대해 써보자. 사진 뒤로 사라져버린 기다림의 시간을 글로 담아 보관하자.

짧은 중국 출장에서 가장 인상 깊었던 장면은 불꽃놀이였다. 산행을 마치고 만찬이 끝나고 지금도 놀라움이 생생한 공연까지 본 후 돌아온 호텔 근처. 사전 정보로 들은 건 쇳물과 불꽃이란 단어가 전부였고 일행 중 일부는 숙소로 들어갔다. 그래도 불꽃과 화약의 나라 아닌가 싶은 마음과 이 작은 시골 이 작은 무대에서⋯⋯란 마음이 동시에 들어 출입구에 자리를 잡았다. 시원찮으면 맥주 마시러 내뺄 생각으로. 장소는 호텔 부근, 노거수가 있는 작은 광장이었고 관중은 놀거나 걷거나 그냥 거기 있던 중국 사람들. 들어갈까⋯⋯?

무대에는 커다란 사발이 두 개 있었다. 광장의 조명이 꺼지자 그릇 안이 빨갛게 반짝였다. 맙소사. 그릇은 용광로였고 빨간 것은 쇳물이었다. 사내는 기다란 주걱으로 쇳물을 퍼 돌담에 뿌렸고 쇳물방울들은 공중에 흩어지면서 그대로 불꽃놀이가 되었다. 또, 한 사내가 쇳물을 공중에 툭 던지자 다른 사내가 삽으로 힘차게 쳤다. 야구 배팅 연습하듯. 그게 사진 속 불꽃놀이다.

타철화打铁花. 철을 때려 피운 꽃. 이 불꽃놀이 이름이다. 화약을 쓰지 않고 인간의 노동으로 피워 올린 불꽃은 화려하지 않고 아름다웠다. 대륙 사람들은 이러고 논 지 천 년이다. 중

국의 비물질문화유산이다. 물론 놀이의 방식이지 규모에 대한 이야기는 아니다. 말하자면 왁자지껄한 시골 장터 주막집에서 듣는 〈쑥대머리〉랄까.

불꽃놀이가 끝나고 사람들이 흩어지자 사내들은 길턱에 걸터앉아 방화복을 벗고 땀을 훔쳤다.

멈춰 서서 오감을 열기

    사진에는 오로지 눈으로 본 것만 담긴다. 그 빛이 만들어낸 세계가 우리 경험의 전부라고 착각하게 한다. 카메라가 모든 일을 기억해줄 것 같지만 그저 보이는 것만 기록할 뿐이며, 시각을 제외한 모든 감각을 닫아둔 채 경험을 저장한다.

    순간을 제대로 기억하기 위해서는 모든 감각을 열고 느껴야 한다. 우리가 느끼지 못하는 것을 기억하고 표현할 수는 없는 법이다. 들을 수 있지만 아무것도 듣지 못하고, 느낄 수 있지만 아무것도 느끼지 못하는 사람이 많다.

시각에 의지하느라 놓쳐버린 소리와 향기, 느낌이 우리가 경험하는 모든 순간에 있다. 느끼려고만 하면 사소한 일상에서도 감각은 모두 깨어난다. 귀로 듣고 피부로 와닿는 느낌을 알아차릴 수 있느냐는 감각의 기능이 아니라 청각과 촉각이 얼마나 깨어 있느냐의 문제다. 사진을 찍는 순간에 조금만 주의를 기울이면 경험이 훨씬 풍성해진다.

혼자 하는 여행의 장점은 여러 가지가 있다. 그중 가장 좋은 점은 주변 소리에 귀를 기울이게 된다는 것이다. 사람들과 함께하는 여행에서는 끊임없이 이어지는 대화 때문에 주변에서 들리는 소리에 관심을 두기가 쉽지 않다. 나란히 걸으면서 재잘거리지 않으면 둘 사이에 왠지 어색함이 느껴지기도 한다. 깊은 숲길을 걸으면서도 어제 TV에서 본 연예인 이야기를 하느라 소란스럽다. 조용한 곳에 가면 "여기 정말 조용하지"라는 말이라도 서로 주고받아야 한다. 오늘 저녁에 뭘 먹을지를 이야기하다 보면 내 마음은 어느새 여기가 아닌 다른 곳으로 가 있다. 이런 여행에서 물소리나 나뭇잎 흔들리는 소리, 내 발걸음 소리 듣기를 기대하기는 어렵다.

혼자 여행할 때면 동행자가 있을 때보다는 귀를 열어 두게 된다. 아주 작은 소리에도 민감하게 반응할 수 있는 상태로 소리를 수집한다. 귀를 기울이면 얼마나 많은 소리가 존재하는지 알게 된다. 바람이 나뭇잎을 쓰다듬으며 지나가는 소리를 처음 들었을 때는 이렇게 큰 소리를 왜 이제껏 알아차리지 못했는지 신기해질 수 있다. 깊은 계곡을 걸으면서 물소리를 듣다 보면 빠르기와 높이, 섞여 있는 돌의 크기, 물줄기의 굵기에 따라 물소리가 모두 다르다는 것을 알게 된다. 어떤 시인은 눈이 내리는 소리도 듣는다는데 그만큼 홀로 고요히 있을 때 감각이 예민해진다는 뜻 아닐까.

사진으로 글쓰기는 사진에 감각을 입혀준다. 사람에게는 시각, 청각, 후각, 미각, 촉각이라는 오감이 있다. 그런데도 사람들은 겉만 관찰하고 '빨간 사과다'와 같이 시각적 표현만 하고선 마무리한다. 관찰할 때 눈으로 보이는 것뿐만 아니라 오감으로 느꼈던 감각을 더하면 풍성한 표현이 가능하다. 만져보고 두드려보고 향기를 맡아보고 맛을 본 사람이 사과에 대해 더 잘 표현할 수 있다. 추상적인 수식어 대신에 오감으로 수집한 정보를 더하면 생생하고도 섬세하게 감각을 전달할 수 있다. 글을 읽는 동안 장면과 소리, 냄새와 맛, 촉감도 즐길 수 있다. 자신이 느낀 감각을 독자도 느낄 수 있다면 성공이다. 사진은 눈으로 보는 것이지만 거기에서 소리가 들리면 귀를 열어 집중하게 된다. 소리는 사진의 분위기를 완성하고 독자는 사진과 글에 좀 더 오래 머물며 사진 속의 순간을 상상하게 된다.

사진작가 조선희는 시각장애인들과 작업했던 경험에 대해 이렇게 말했다. "잘 보이지 않지만 사진을 좋아하는 아이들은 다른 감각을 이용해 사진을 찍는다. 예를 들면 빛의 따스함 혹은 따가움을 이용해 빛의 강약을 추측할 수 있고, 소리로 혹은 바람 같은 것으로 느끼는 촉감으로 그 풍경의 느낌을 감지하며 사진을 찍는다"(『조선희의 영감』, 조선희, 민음인, 2013). 잘 보이는 사람이든 잘 보이지 않는 사람이든 경험을 할 때는 오감을 열어 제대로 느껴야 한다. 보이지 않았다면 이 순간을 어떻게 기억했을까. 보이지 않는 누군가에게 이 순간에 대해 어떻게 이야기해줄 수 있을까. 이 질문은 모든 감각을 동원해 그 순간을 느끼게 해준다.

속리산 법주사 템플스테이에 왔어요.

저녁 예불에 맞추어 법고 치는 스님 모습을 지켜보았는데,

북소리가 참 오묘하네요.

마음 안의 잡스러운 것들을 다 털어내고

현존으로 돌아오게 하는 마법의 소리 같았습니다.

대웅전 저녁 예불에도 참여해보았는데

신도와 스님들 독경 합창이 그레고리안 성가처럼 아름답게

들렸습니다.

이곳 넓은 경내엔 아무도, 정말 아무도 보이지 않아요.

절대 고요만 있어요.

오늘은 바람도 숨을 죽이고 있네요.

'묵언'이라 적힌 숙소 댓돌에 내려앉아

어슴푸레 어두워가는 하늘을 바라봅니다.

푸른 하늘에 아직 다 차지 않은 달만 덩그맣게 풍경을 만들

어줍니다.

여행과 일상 연결하기
#추억 #의미

여행에서 사진을 찍게 될 때가 두 가지 있다. 지금까지 한 번도 본 적 없는 새로운 장면을 만났을 때, 그리고 항상 하던 일을 새로운 방식으로 이해하고 받아들이게 됐을 때다. 여행은 두 가지가 적절히 조화를 이루어야 한다.

처음에는 전혀 생각지도 못한 놀라운 장면이 먼저 눈에 들어온다. 낯선 곳에 대한 흥분으로 일상에서 보지 못하는 이국적 풍광을 무조건 찍는다. 새로움에 익숙해질 때쯤 여행에서 만난 일들은 일상을 겹쳐 보여주면서 새로운 생각들을 만들어낸다. 나와 아주 다른 방식으로 살아가는 사람들을 살펴보는 일은 흥미롭다. 그들의 낯선 일상을 바라보는 시간은 나의 일상을 다르게 바라보게 한다. 낯선 곳에서의 일상은 단순히 하나의 생활방식을 배우는 것이 아니라 더 높고 더 넓은 시각에서 내 일상을 관찰할 수 있도록 해준다.

여행이 길어지면 슬럼프가 찾아온다. 새로운 것을 봐도 시큰둥하고 아침이 되어도 아무것도 하고 싶지 않다. 어딘가 가야 하고, 뭔가를 봐야 하고, 무엇이든 느껴야 하는 여행자의 일상이 흥미 없는 숙제처럼 피곤해진다. 그럴 때면 아무것도 하지 않고 몸도 마음도 쉬게 놓아둔다. 이틀 정도 어슬렁거리며 현지인의 일상으로 여행을 채우곤 한다. 관광지나 미술관을 돌아보는 대신에 슬리퍼를 신고 나가 시장을 둘러보고 공원에 앉아 사람들을 구경하며 시간을 보낸다. 현지인처럼 하루를 보내고 나면 지금까지와는 다른 방법으로 나를 바라보게 된다. 먹고, 자고, 쉬고 일상적인 일들을 아주 다른 방식으로 하게 된다. 현지인에게 가장 평범한 일상이 여행자인 나에게는 가장 특별한 일이 된다. 빵집에서 빵 하나를 사고 숙소로 돌아오는 단순한 일에도 처음으로 엄마 심부름을 다녀오는 일곱 살 아이처럼 뿌듯하고 설렌다. 낯선 환경에 서면 당연하게 여겨왔던 습관과 일상의 풍경들을 새삼 다시 들춰 보게 된다.

여행과 일상 사이에 수많은 이야기가 있다. 여행 사진에 일상을 겹치면 새로운 통찰이 생긴다. 내 시간에 갇혀 바라보던 나의 삶을 새로운 풍경 위에 겹쳐 볼 수 있게 된다. 여행에서는 그동안 보이지 않았던 것들이 보이고 일상을 새롭게 단장하고 싶은 마음가짐도 생긴다. 사진으로 찍히지 않는 여러 감정과 생각과 다짐을 기억하기 위해 우리는 사진으로 글을 쓴다.

아침은 늘 전쟁이었어. 급한 손으로 단추가 많은 블라우스를 입다가 아래서 두 번째 단추가 떨어져 있는 것을 발견하면 깊은 한숨이 몰아쳤지. 신발장에서 구두를 꺼내 착 소리가 나도록 현관에 던져 놓고 신발이 가지런히 떨어지지 않았다고 짜증을 내기도 했고. 두 걸음 거리를 한 걸음에 달려 도착한 정거장에서 내가 타야 할 버스가 막 떠나는 것을 눈으로 확인하는 순간엔 아예 출근을 포기하고 싶어지기도 하지. 그렇게 출근길은 온통 지뢰밭이었어. 하나만 삐끗하면 바로 지각으로 이어지는 아슬아슬함의 연속이었지.

출근길에서 이탈하기만 하면, 나의 아침에서 이 허둥거림은 모두 사라질 줄 알았어. 여행이라는 이름으로 런던의 공기로 호흡하는 아침에는 나도 저절로 느릿느릿 걷는 사람이 될 수 있다는 생각에 며칠을 설레었어.

그런데 웬걸. 유럽에서도 아침 전력 질주는 계속됐어. 런던 거리에 있는 나는, 거울 앞에서 목도리를 가지런히 둘러맬 시간이 없어서 손에 분홍 목도리를 움켜쥔 채 달리고 있었어. 머리는 수건으로 휘감았던 모양 그대로 엉켜서 물이 뚝뚝 흘러내리고 말이야. 호스텔에서 챙겨 온 사과 반쪽이 오른손과 함께 얼음이 되어가고 있었어. 미리 예약해둔 기차 시간에 맞춰 역에 도착하려니 장갑 낄 시간도, 가방을 가지런히 정리해 챙길 시간도 없었던 거지. 오랫동안 나를 지배해온 허둥거림과 서두름이 여행에서도 완벽하게 나를 조종하고 있었어.

길을 살피기 위해 사거리에 멈춰 섰을 때였어. 왼쪽으로 뻗은 길에 카페가 하나 있었는데, 사람들이 출근하다 말고 밖에 나와 있는 테이블에 앉아 신문을 보고 있었어. 어? 저거 내가 꿈꾸던 모습인데…… 출근길에 들르는 카페라니, 너무도 낭만적이잖아. 아이러니하게도 그 남자의 여유로운 출근길 모습에서 허둥대고 있는 내가 또렷이 보였어. 얼굴은 빨갛게 상기되고 허억허억 숨도 제대로 내쉬지 못할 만큼 정신없이 뛰어가던 내가, 그 남자와 마주 서 있었어. 그 남자의 여유로운 일상과 나의 서두르는 여행이 동시에 머리를 쳤어. 내가 그토록 갖고 싶었던 아침의 여유가, 꼭 이 먼 곳까지 날아와야만 가질 수 있는 것이 아니라는 사실에 무릎이 꺾이는 느낌이었어. 아무것도 아닌 날, 출근길에 길옆 카페에 잠깐 앉아 신문을 보거나 다이어리를 꺼내 오늘 하루를 정리해보는 것만으로도 나의 아침은 충분히 여유로울 수 있었던 거야.

나는 오래도록 내 인생에 여유로움이 세팅되길 기다렸어. 지금보다 돈을 더 많이 벌면…… 시간이 좀 더 많아지면……

114

마음 맞는 사람을 만나면…… 내 생활에도 여유가 생기고 음악이 흐르는 아침을 만날 수 있을 것이라 생각했지. 그런데 말야. 여유로운 나의 아침은 이미 매일같이 세팅돼 나를 기다리고 있었어. 파랗게 빛나는 하늘도 내가 쳐다봐주길 기다리고 있고, 카페도 매일 그 자리에서 내가 와서 앉아주길 기다리고 있어. 나는 잘 세팅된 테이블에 앉아 아침의 여유를 즐기기만 하면 되는 것이었지. 나만 마음먹으면 되는 간단한 일인데도 그걸 참 오랫동안 못 하고 살았어. 바보같이.

지금 어떻든 그 자리에 멈춰 서기만 한다면 언제든지 아침의 여유는 즐길 수 있어. 꼭 커피 한 잔이 아니어도 좋아. 서두르는 아침 걸음을 멈추고 공기가 얼마나 차가워졌나 깊은숨을 들이마셔 보는 것, 꽃이 핀 길이 있다면 한 발자국 한 발자국 천천히 세며 걸어보는 것, 카페에 앉아 바삐 걸어가는 사람들을 남의 일 보듯 쳐다보는 것, 좀 먼 길이지만 앉아서 갈 수 있는 길로 출근해보는 것, 모두 내가 나의 아침에 줄 수 있는 여유야. 여유로운 아침을 만나고 싶다면 지금 있는 그 자리에서부터 시작하는 거야. 그러지 않으면 나에게 여유로운 아침은 끝까지 찾아오지 않을지도 모르니까.

자, 이번엔 네 차례야.

한 달에 단 한 번만이라도,

아니, 평생에 내일 딱 하루만이라도

너의 아침에 여유를 선물해줘야 하지 않을까?

※

※

Part 4

인물 사진

인물 없는 사진으로
사람에 대해 말하기
#사건 #관계

사진으로 어떤 사람에 대해 이야기한다고 하면 인물 사진을 떠올린다. 인물 사진이란 사람을 모델로 삼아 그 사람의 특징을 알 수 있도록 찍은 사진이다. 인물 사진은 눈빛과 표정, 옷, 배경, 자세를 통해 그 사람이 어떤 사람인지를 보여준다. 단순히 외모만이 아니라 성격이나 분위기처럼 보이지 않는 아우라까지 담아낸다.

사람이 찍히지 않았지만 어떤 인물을 떠올리게 하는 사진이 있다. 음식 사진을 꺼내면 마주 앉아 있던 누군가가 떠오르고, 벚꽃이 흐드러진 풍경 사진 위로 함께 여행을 갔던 친구의 얼굴이 겹친다. 한 사람이 쌓아놓은 시간이나 추억이 깃든 물건을 찍은 사진은 그 사람을 보여주기에 충분하다. 사진에 무엇이 투사되었느냐에 따라 표현하고 싶은 것이 달라진다. 일반적인 사진 문법에는 맞지 않지만 누군가가 떠오르게 하는 이런 사진들도 인물 사진이라 할 수 있지 않을까?

사진을 고를 때는 단순하고 흔한 소품을 선택하는 것이 좋다. 사진을 보는 순간, 그것에 담긴 것이 무엇인지를 단번에 알아차릴 수 있어야 한다. 소품 자체를 빠르게 읽어야 의미에 공감하고 느끼는 시간이 길어진다. 흔하다는 것은 그만큼 많은 사람의 경험 속에 존재한다는 뜻이다. 익숙한 소품일수록 공감을 일으키기가 쉽다.

일대기를 읊는 것보다 사건 하나를 풀어놓을 때 글이 더 강력해지는데, 사진 속 사물이나 풍경에 입혀진 감정과 사건을 이야기하면 된다. 사건에 대화가 포함되면 더 좋다. 소설 쓰기에서는 어떤 인물인지 보여주는 대표적인 방식으로 대화를 이용한다. 대화를 통해 화자의 성격과 상대와의 관계 등을 생생하게 보여줄 수 있기 때문이다. 아주 간단한 대화나 짧은 사건만으로도 한 사람을 보여줄 수 있으며, 스치듯 지나가는 장면만으로도 살아온 세월 전체가 짐작되기도 한다.

인물 사진이라고 하면 응당 사진 속에 인물이 들어가야 마땅하겠지만, 사진으로 글쓰기에서의 인물 사진이란 꼭 그렇지 않아도 된다. 사람 없는 인물 사진을 만들어내는 것이다. 풍경 사진에도 사물 사진에도 사람 이야기를 입힐 수 있다. 누군가를 상상하게 하는 사진을 인용하여 그 사람이 내 인생에 남긴 것들을 이야기해보자.

〈도라지 까는 어머니〉

크리스마스 날 우리 어머니는 하루 종일 도라지를 까셨습니다. 어머니가 그렇게 하신 이유는 '놔두면 딸이 할 테니까'입니다. 말로 표현하시진 않았지만 저는 알지요.

전전날 언니가 택배로 도라지를 보냈습니다. 펼친 택배 상자를 보시더니 '할 일이 생겼다'며 반가워하시더라고요. 그래서 드린 일거리고, 며칠에 나누어서 조금씩 해도 되는데 어머니는 마냥 고집 피우며 앉은 자리에서 (밥 먹기 위해 두 번 일어난 것 빼고) 계속 도라지를 깠습니다.

"고만하고 쉬어. 내일 해도 돼~"

"괜찮어."

"뭘 괜찮어? 고만하셔요~"

"허 참, 괜찮다니께. 한번 시작한 거 끝을 봐야지."

아, 끝장을 보는 어머니의 성격, 딸인 내게도 찾아보면 있을 것 같아 반갑습니다. 잔뿌리 많아 까기 힘든 도라지를 앉은 자리에서 큰 김치통 한가득 까신 우리 어머니, 참 놀랍습니다. 멀미가 날 만도 한데 그 인내가 징헙니다.

죄책감이 듭니다. 그 연세에 혼자 사시고 막내 오빠 밥까지 끓여 먹이는 독립적인 우리 어머니. 우리 집에 오셔서 우두커니 두 손 놓고 할 게 없어 심심해하시니 소일거리를 드린 건데, 이러면 저는 일당도 안 주고 어머닐 부려먹는 나쁜 딸인 거잖아요. 콩쥐 부려먹는 팥쥐 엄마보다 더 못한 인간인 거잖아요.

작업을 다 마치고 일어나시며 어머니는 몇 번이나 비틀거리셨습니다. 침대로 직행, "아이고 허리야"를 노래처럼 부르셨습니다. 내가 걱정할까 봐 참으려 했지만 그게 안 되는 것이었습니다.

전기장판 온도 높게 올리고 굽은 허리를 조심조심 안마해드리며 "아이고 미안해유 순임 씨, 지가 죽을죄를 졌어유~" 농담 가장해 미안한 맘을 풀었습니다. 그 와중에 어머니는 허허허 웃으셨고요.

다른 사람의 인생으로
내 미래 표현하기
#관찰 #의미

모든 사진은 과거다. 눈앞에 벌어지지 않은 일을 사진으로 담기란 불가능하다. 사진은 구체적 모습 그대로의 현실을 담는 것에 제격이지 우리의 미래나 꿈, 희망 사항을 담기에는 적합하지 않은 도구다. 하지만 사진과 함께 글이 더해진다면 말이 달라진다. 사진으로 글쓰기를 통해 미래를 표현하는 사진을 찍을 수 있다. 아이가 선생님 사진을 붙여두고 '나는 나는 자라서 선생님이 될 테야' 노래하는 것처럼 우리도 사진으로 미래를 그릴 수 있다.

사람을 풍경으로 삼아 사진을 찍을 때가 있다. 좋은

풍경에 앉아 글을 쓰는 어르신, 친구들과 카페에 앉아 수다를 떠는 명랑한 할머니들, 다정하게 손을 잡고 가는 노부부. 이런 근사한 풍경을 만날 때마다 나도 저렇게 나이 들고 싶다는 소망을 담아 사진을 찍는다.

다른 사람을 찍은 사진을 내 사진으로 바꿔주는 것은 글의 힘이다. 내 미래 풍경을 담은 사진이라는 이야기를 풀어나가면 사진에는 내가 찍히지 않았지만 내 이야기가 담긴다. 다른 사람의 인생에서 내 미래를 본다. 그 소망을 담아 사진을 찍었다면 내 사진이 된다. 때로 우리는 미래를 담기 위해 사진을 찍는다. 모르는 사람의 근사한 모습을 찍는 것은 타인의 모습을 남기기 위해서가 아니라 그 속에 내가 할 말이 들어 있기 때문이다. 다른 사람의 인생을 통해 내 이야기를 하려는 것이다.

내가 살고 싶은 풍경들을 찍어두는 일은 마음을 꽤나 풍족하게 한다. 여행 갈 때마다 30년 후에 내가 살고 싶은 동네를 찍어두기도 한다. 막연한 상상과 희망도 사진으로 찍어두면 미래의 풍경 속에서 내가 어떤 모습으로 살아갈지 구체적으로 그려진다. 그 풍경을 위해 나는 무엇을 할 수 있는지 생각한다면 미래가 현실로까지 연결되면서 이야기는 더 풍부해진다. 미래를 이야기할 때 너무 막연해서 어떻게 시작해야 할지 모르겠다면 내가 주인공이 되고 싶은 풍경들을 하나씩 모아보자. 당신은 60세 따스한 봄날에 어떤 모습으로 하루를 보내고 싶은 가요, 이런 식의 질문으로 사진을 채워가도 좋다. 글로 이 사진은 내 미래의 희망 사항임을 이야기할 때 사진은 내 사진이 된다. 내가 담겨 있지 않은 사진은 오로지 글로써 만 나를 담은 인물 사진이 된다.

불편한 감정 돌보기
#관계 #의미

마음이 답답한 날 노트를 꺼내 무엇이든 써 내려가는 사람이 있다. 온 마음을 쏟아내 글쓰기를 해본 사람은 글쓰기의 최대 효과로 치유를 꼽는다. 글을 쓰다 보면 마음이 정리되어 걱정거리가 별게 아니라는 생각이 들 때도 있고 의외의 해결책을 발견하기도 한다. 많은 사람이 읽어주지 않는 글이라 해도 치유의 경험은 계속해서 좋은 글을 쓰게 하는 계기가 된다. 치유의 경험이 사진으로 글쓰기를 통해서도 가능할까?

좋은 일만 있는 인생이란 없다. 내리막이 있어야 오르

막길에도 오르게 되고, 힘든 일을 치러내야 평범한 일상의 소중함을 깨닫게 된다. 또한 좋은 일이 나쁜 일이 되기도 하고 나쁜 일이 오히려 좋은 결과로 되돌아오기도 한다. 좋고 나쁨의 높낮이와 종류는 인생 수만큼 다양하겠지만 모두의 인생에는 좋은 일과 궂은일이 다채롭게 섞여 있다. 어디서 부딪히고 어떻게 접힐지 모른 채 오르락내리락하면서 산다.

하지만 우리가 찍은 사진들을 보면 인생에는 좋은 일만 있는 것 같다. 사진 속 사람들은 모두 웃고 있고 그 안에서 펼쳐지는 매일이 축제다. 기쁜 일이 있을 때는 기꺼이 카메라를 꺼내 들지만 인생의 어두운 장면을 두고두고 남을 사진으로 박아놓으려는 사람은 없다. 그러니 우리가 찍은 사진은 인생의 밝고 환한 면만 다루고 있는 듯하다. 사진 기록을 보고 있으면 인생의 굴곡 중 최고점은 있으나 최저점은 모두 생략되어 있다. 잊고 싶은 순간이나 마음에 들지 않는 모습을 담은 사진은 찢어 없애버리기 때문이다. 그렇게 사진은 우리의 기억을 편집한다.

지금까지 한 번도 이야기하고 싶지 않았던 사진을 들여다볼 차례다. 한 번도 눈길을 주지 않고 사진을 고를 때마다 애써 모른 척하고 싶은 사진, 다른 사람이 사연을 묻지 않길 간절히 바라는 사진, 한때는 좋았으나, 그래서 사진 속 나는 웃고 있으나 지금은 끔찍해진 기억을 담은 사진, 내 인생에서 지워버리고 싶은 사람이 찍힌 사진을 선택하거나 찍어보자. 항상 누군가가 아버지에 대해 물어볼까 두려워하고 경계하고 가족사진을 고를 때도 아버지가 보이지 않는 사진을 선택했다면 이번에는 아버지와 관련된 사진을 선택해보는 것이다. 이미 삭제했거나 찢어버린 사진에 대해 쓰는 것도 좋겠다. 사진에 있는 비밀스러운 감정을 풀어가다 보면 불편한 마음을 표현하게 되고, 그러면 자기 내면의 좀 더 깊은 곳으로 다가가 미처 돌보지 못했던 감정과 만나게 될 수도 있다.

사진으로 글쓰기는 불편한 감정을 표현하는 좋은 도구가 된다. 불편한 기억을 꺼내놓는 것은 두려운 일이다. 당장은 두 손으로 미는 시늉을 하며 그 기억에서 멀어지고 싶을 수도 있다.

그러나 불편한 감정은 잘 돌봐야 하는 경험이다. 슬픔, 분노, 불안, 실망은 밝고 환한 감정에 명암을 더하며 내면의 지층을 섬세하게 성장시킨다. 치유하는 글쓰기의 기본은 솔직함이다. 우리가 꺼내놓은 사진 기록에서 빠져 있는 것이 우리가 어떤 사람이고 어떤 인생을 살고 있는지 보여줄 때가 있다. 사진에 빠져 있는 그 존재를 알게 되는 것만으로도 자신을 이해하는 데 도움이 된다. 그러니 우리가 찍고 선택한 사진만큼 선택하지 않은 사진도 마음을 내어 살펴보자. 소중한 것들을 다루는 만큼 불편한 것들을 해소하는 방식도 중요하다. 사진으로 글쓰기가 치유의 글쓰기로 확장되는 경험을 해보자.

뒷모습 사진에 말 걸기
#관계 #의미

자, 갑니다! 하나 둘 셋! 김치! 찰칵! 사진을 찍을 때
면 사람들은 신호를 맞춘다. 준비하는 동안 머리를 정리
하고 옷맵시를 가다듬는다. 입꼬리를 올렸다 모았다 하면
서 적당한 미소도 연습한다. 사진이 찍히는 줄 알면 잘 꾸
미기 위해 노력한다. 영원히 남을 모습을 예쁘게 담고 싶
은 건 누구나 마찬가지다.

예전에 친구들과 낮은 산으로 산책을 갔다가 다리를
다친 적이 있다. 튀어나온 나뭇가지에 톡 부딪혔을 뿐인
데 무릎을 마음대로 구부릴 수 없게 됐다. 무릎이 욱신거

려 절뚝거리다 보니 느릿느릿 맨 뒤에서 걷게 됐다. 그날 내가 찍은 사진에는 친구들의 뒷모습만 가득했다. 덕분에 사람들이 흩어져서 걷는 모습이 다 찍혔다. 누가 누구와 나란히 걷는지, 둘 사이의 간격이 어떤지 눈에 들어왔다. 사이사이에 섞여 같이 걸어갈 때는 보이지 않던 것들이 뒷모습 사진에 담겼다.

뒷모습 사진은 무방비 상태로 찍힌다. 바지 주름은 구겨진 상태 그대로고 한쪽만 닳은 신발도 미처 신경 쓰지 못한 채 사진에 담긴다. 그래서 뒷모습 사진은 더 진실되고, 마주 보며 나눈 표정이나 말보다 더 많은 이야기를 전달한다.

누군가의 뒷모습을 보면 다양한 감정이 인다. 앞모습을 보면 표정을 읽고 말을 하게 된다. 어린아이의 함박웃음을 보면서 다른 생각을 하기가 어렵다. 그저 같이 웃을 뿐이다. 아이의 미소가 갖는 힘이다. 하지만 아장아장 걷는 아이의 뒷모습을 볼 때면 만감이 교차하면서 여러 가지 생각이 든다. 뒷모습 사진에서는 굽은 등과 하얗게 센 머리, 팔의 움직임이 먼저 보인다. 아이를 업고 가는 할머니의 뒷모습이나 수족관에서 물고기를 보는 아이의 뒷모습, 우산을 쓴 연인의 뒷모습을 상상해보는 것만으로도 많은 말이 하고 싶어진다.

뒷모습 사진에 말을 걸어보고, 사진을 1분 이상 감상해보자. 마주 보며 해야 하는 말이 있고 글로 전해야 하는 마음이 있다. 보는 즉시 쓰기보다 한 번 두 번 보아야 의미 있는 이야기를 끌어내게 되는 게 뒷모습 사진이다. 그렇게 보다 보면 나와 그 뒷모습의 연결 고리가 보인다. 그 사람이 나에게 미치는 영향과 내가 그 사람에게 미치는 영향을 같이 생각해보게 된다. 그 사람이 아니라 관계를 바라보게 된다. 그 과정에서 둘 사이의 관계가 선명해져 많은 것이 보인다. 표면적인 관계뿐 아니라 내면의 관계까지 명확해진다.

몇 해 전 추석에 부모님을 모시고 집 근처로 나들이를 갔다. 애기봉. 봉우리 이름과는 다르게 군사 지역이다. 북한에서도 보인다는 크리스마스트리로 유명하다. 그래도 봉우리는 봉우리여서 꽤 걸어서 올라가야 한다. 날은 더웠고 아이들은 안아달라고 칭얼거렸다. 우리가 안으면 "엄마 아빠 힘들다, 걸어야 튼튼해지지" 하시다가도 아이들이 다가오면 안아 올리셨다. 그게, 손주들을 예뻐하는 할아버지 할머니의 마음이기도 하지만, 그 뒷모습을 가만 보고 있으면 '어떤 끝'에서 '어떤 시작'을 보는 것 같아 마음이 좀 아리다. 축하와 설렘, 부러움과 서글픔 등이 수시로 스치고 엇갈린다.

같은 사람을
여러 번 찍은 사진
#관찰 #의미

친구네 집에 가면 예쁜 색실로 연결한 사진이 현관부터 거실까지 주르륵 걸려 있다. 친구는 1년에 한 번씩 가족사진을 찍는다. 아이들이 어떻게 커가는지 엄마와 아빠는 어떻게 늙어가는지 사진에서 보인다. 사진을 연결하는 것만으로도 이야기가 완성된다. 같은 사람을 반복해서 찍은 사진들을 모아놓으면 시간의 흐름이 보인다. 한두 장만 두고 이야기할 때는 사소해 보일지 모르지만 시간을 두고 여러 장을 쌓으면 이야기가 만들어진다. 셀피를 찍어서 주르륵 연결해도 한 사람의 역사가 보인다. 모습을 반복해서 찍은 사진들은 해를 거듭할수록 더욱 탄탄한 이야기가 된다.

핸드폰에 남아 있는 셀피를 보면 내가 갖고 싶은 내 모습들이 찍혀 있다. 마음에 안 드는 사진은 그때그때 지웠을 테니 남아 있는 사진들은 자체 검열을 통과한 사진들이다. 남아 있는 이유는 모두 다르다. 단순히 예뻐서이기도 하고 상황이 마음에 들어서이기도 하다. 기분이 좋으면 좋은 대로 컨디션이 바닥이면 바닥인 채로 눈이 오는 날에는 눈을 맞으며 사진을 찍었다. 셀피에 특별한 날에 대한 이야기를 덧붙이는 것은 가장 쉬운 글쓰기 방법이다. 올해의 베스트 컷을 골라 이야기를 붙여봐도 좋다. 셀피를 모아두고 봤을 때 새로운 패턴이나 나만의 습관을 찾을 수 있다.

셀피 모음으로 할 수 있는 조금 다른 시도를 해보자. 어린 시절 사진첩은 어른들이 선택한 결과물이다. 내가 자신의 모습을 어떻게 생각하는지와는 상관없이 양육자가 보기 좋거나 의미 있는 사진들이다. 어린 시절 그러했듯이 양육자의 시선으로 내 셀피들을 골라보는 것이다. 지금 이 모든 셀피를 부모님에게 보냈을 때 그들은 어떤 사진을 골라 앨범에 끼울까. 이는 셀피를 다른 사람의 시선으로 해석해보는 것이다. 또 내가 부모님에게 얼마나 중요한 존재이고 그들이 원했던 내 모습이 어떠한지에 대해서도 생각해볼 수 있다.

같은 사람을 반복해서 찍으면 사진을 연결하는 것만으로도 성장과 변화가 보이면서 이야기가 완성된다. 사진의 연결이 자연스럽게 이야기가 되고, 또 거기에서 새로운 이야기가 나온다.

부분을 찍은 사진
#관찰 #의미

글쓰기와 연결했을 때 사진은 크게 두 가지로 나눌 수 있다. 첫 번째, 기록용 사진이다. 빠른 시간 안에 공간이나 장면을 세세하게 스케치하거나 메모할 수 없으니 사진으로 찍어두는 경우다. 이런 사진은 보통 어떤 이야기를 쓸지 결정되지 않은 상태에서 찍기 때문에 그 장소가 최대한 다 보이도록 널찍하게 찍는다. 필요한 부분만 글에 활용하기 위한 것이라 특정 부위가 잘 보이지 않아도 상관없다. 가령, 간판이 가로등에 가려져 있거나 행인이 앵글 안에 들어와도 괜찮다.

두 번째, 이야기 소재를 정하고 찍는 사진이다. 찍는 순간 이야기 소재가 솟는다. 이 장면은 나중에 꼭 글로 쓰고 싶다는 생각이 들 때다. 하고 싶은 말이 명확하기 때문에 이런 사진은 필요한 내용만 앵글에 간결하게 담아 찍는다. 이렇게 찍는 순간 이야기가 정해지는 사진은 클로즈업 컷도 많다. 어떤 이야기로 연결할지 정해지지 않은 채 찍는 기록용 사진에서는 잘 나올 수 없는 컷들이다.

사진을 찍으면서 제일 어려운 것은 다가가는 것이다. 야생화나 집에서 같이 사는 고양이는 얼마든지 카메라를 가까이 들이대면서 사진으로 담을 수 있다. 하지만 사람을 화면 가득 담는 일은 쉽지 않다. 화면에 담기 어려운 만큼 이야기 소재가 많아진다. 만약 사진은 많은데 글쓰기로 연결할 말이 없다고 느껴진다면 부분 사진을 찍고 연결해보면 좋다.

부분을 찍은 사진은 생략된 것이 많아 상상력을 자극한다. 만약 피사체가 사람이라면, 가장 부담 없이 시작할 수 있는 부분은 손이다. 손은 사람의 표정만큼 많은 것을 담고 있다. 손에는 그 사람이 살아온 인생의 흔적이 그대로 담겨 있어서 어떨 땐 얼굴에 있는 주름보다 더 섬세한 감정을 전달한다. 감정과 몸짓은 물론 인생 전체를 보여주기도 하는 부위가 손이다. 그만큼 내면 깊은 곳의 감정과 생각을 담아 글로 연결할 수 있다.

글쓰기에서 중요한 것은 짧고 간결하게 할 말을 담아내는 내공이다. 전달하고자 하는 메시지는 간결할수록 분명해진다. 짧은 글로 모든 것을 이야기할 수 있다면 길게 말할 필요가 없다. 글쓰기에서 제일 어려운 게 글을 줄이는 것이다. 사진 찍기에서도, 사진으로 글쓰기에서도 마찬가지다. 단순하게 하고 싶은 말을 하고자 한다면 부분사진을 글로 연결하는 연습을 해보자.

과메기 열댓 마리 쌓아 종이로 여미는 손끝은 단단해 보였습니다. 여행 중에 우연히 만난 어르신이라 연세도 성함도 여쭙지 못했습니다. 쌓은 과메기가 쓰러지지 않게 잡고 양쪽의 종이를 접어 돌돌 마는 두꺼운 손가락은 선반의 바이스 같았습니다. 일행이 셋이었는데, 세 묶음을 만드시면서 이런저런 이야기를 해주셨습니다. 청어 아니고 꽁치다. 국내산 아니고 수입산이다. 배를 가르고 속을 정리하는 건 베트남 사람들인데, 쥐치를 다듬던 손이라 속도와 완성도가 무척 높다. 포장을 마치시자 노지 밭에 나가셨던 할머니께서 노오란 배춧잎 몇 장을 뜯어 오셨네요. 할머니의 손도 할아버지의 손 못잖았습니다. 할아버지는 배추 쪼가리보다 소주가 더 어울린다며 성화셨습니다. 저희가 머리를 조아리며 마다했습니다. 혼자였다면 한잔하고 창고 구석 온돌방에서 한숨 잤을지도 모르겠습니다. 몇 점 맛을 보고 나오는데 할아버지와 악수를 했습니다. 악수라기보다는 그 손을 잡아드리고 싶었던 것 같습니다. 같은 바닷바람에 과메기는 기름이 흐르는데 과메기를 말리는 손은 거칠었습니다. 마땅한 말을 찾지 못해 "고맙습니다"만 두세 번 거듭했습니다.

사진을 찍어준
사람에 대한 이야기

#관계 #추억

    친구는 어린아이가 현관 앞에서 환하게 웃고 있는 사진을 보여줬다. 아이는 앞에 카메라를 들고 있는 사람을 향해 손짓하면서 함박웃음을 짓고 있었다. 친구는 얼마 전 그 사진을 통해 새로운 사실을 알게 됐다고 했다. 사진 속 현관 유리창에 희미하게 비친 아버지의 모습을 발견한 것이다. 아버지가 찍어준 사진이고 사진 속 아이는 아버지를 향해 그토록 즐거워하고 있었다. 자신은 한 번도 아버지를 좋아한 적이 없다고 생각했는데 사진에 찍힌 아이는 누가 봐도 사진을 찍는 사람을 향해 밝게 웃고 있었다. 자신의 어린 시절을 담은 사진으로만 기억하던 사진이 아버지가 찍어준 사진이라니 새롭게 다가왔다. 그 사람을 따라 나도 웃은 것이었으니까.

사진을 볼 때 사진에 보이지 않지만 중요한 존재가 있다. 사진을 찍어준 사람이다. 셀피가 아닌 이상 내 사진은 누군가가 찍어준다. 사진에 따라서는 찍어준 사람이 중요하기도 하다. 혼자 여행을 하다가 길거리에서 만난 사람이 찍어준 사진과 연인이 찍어준 사진은 의미가 다르다. 내가 잘 나온 사진이어도 헤어진 옛 연인이 찍어준 사진은 미련 없이 찢어버린다. 애인이 찍힌 것도 아닌데 말이다. 같이 찍히지 않아도 그 웃음을 보면 그 남자를 보며 웃고 있는 것 같아 불편해진다.

사진으로 글쓰기는 사진을 찍어준 사람과의 추억을 함께 담는다. 사진을 찍어준 사람은 사진에 보이지 않지만 사진을 볼 때 떠오르는 것은 그 사람과 함께했던 추억들이다. 사진에 보이지도 않는 사람이 어쩌면 그렇게도 선명하게 그 사진 속에 보이는 걸까. 특히 그 사람이 더 이상 이 세상에 존재하지 않거나 더는 연락이 닿지 않을 때 사진은 다른 의미를 갖게 되고, 그 다른 의미에서 이야기가 나온다.

어떤 결과물이 있으려면 그것을 만들기 위해 함께했던 손길들이 있기 마련이다. 사진은 찍히는 대상과 찍는 사람이 짧은 순간 호흡을 함께한 결과물이기에, 그때 누가 찍어주었느냐를 기억해본다면 풍성한 이야기를 이끌어낼 수 있다.

이화령을 향해 세상의 모든 욕을 랩처럼 쏴대면서 자전거로 오르는데 꼭대기에 먼저 도착한 그는 코펠에 얼음 동동 띄운 콜라를 들고 나타났다. 물론 콜라를 건네기 전에 카메라를 들이댔지만. 그와는 잡지를 만들며 함께 다닐 일이 많았는데 아웃도어 잡지, 캠핑 잡지여서 풍찬노숙하며 고생할 일이 많았다. 간혹 내가 그의 사진을 찍어 건넬 때도 있는데, 주면서도 미안할 때가 많다. 겨울 소백산에서 찍은 사진은 심령사진처럼 흔들렸다. 사진작가는 풍경을 담기도 하지만, 풍경과 그 풍경을 즐기는 사람을 같이 찍기도 한다. 그래서 늘 앞지르거나 뒤따르고 물러나거나 비켜선다. 덕분에 길 위에서 자연에서 내가 얼마나 우스꽝스러운지, 남루한지 확인하게 된다. 이 사진은 자연 속에서 내가 얼마나 작은지 깨닫게 해서, 그리고 저 시간 저 공간에서 내가 느꼈던 느낌을 고스란히 간직하고 있어서 참 좋아한다. 다시 보니, 자연을 보는 내가 좋아서가 아니라, 그런 나를 보는 그가, 그의 헌신이 보여서 좋았던 모양이다.

아빠들은 사진 속 주인공이 되는 데 익숙하지 않다. 가족 여행을 갈 때도 늘 가족사진만 찍는다. 내가 박사 학위를 받던 날, 캠퍼스에서 학위복을 입고 사진을 찍자는 가족들의 성화에 못 이겨 사진의 주인공이 되었다. 카메라 앞에 선다는 것이 어색하고 민망했다. 입꼬리를 올려보았지만, 웃음이 나오질 않았다.

"아빠. 한번 웃어봐."

사진을 찍는 딸아이의 말에 갑자기 눈물이 쏟아졌다. 논문을 쓴다고 골방에 앉아 놀아주지 못한 그간의 미안함이 한순간에 피어올랐다. 딸아이는 이 사진을 보고 아쉬워했다.

"아빠 표정이 왜 이리 안 좋아?"

내심 알고 있었으리라. 아빠가 어떤 마음으로 카메라 앞에 서 있었는지를. 끝내 울음보를 터트려버린 나를 딸아이가 가만히 토닥여주었다.

*

*

Part 5

기록 사진

사진이 불러오는 기억들

#사건 #추억

테일러 존스는 가족과 옛날 사진첩을 보고 있었다. 동생이 곰돌이 푸 생일 케이크 앞에서 환하게 웃고 있는 사진이 보였다. 자세히 살펴보니 사진 속 동생이 앉아 있는 풍경은 지금 자신이 있는 부엌과 같은 식탁과 의자였다. 사진을 꺼내 지금의 풍경에 맞춰 사진을 찍었다. '그때처럼 지금도 멋진 일이 많으면 좋겠어.' 테일러 존스는 과거의 시간을 다시 거닐고 싶은 바람과 함께 사진과 글을 블로그에 올렸다. 그러자 사람들이 열광했고 트위터와 페이스북으로 퍼져 나갔다. 전 세계 사람들은 아름다운 추억이 담긴 사진을 원래 찍었던 장소로 가지고 가 그곳을 배경으로 다시 찍은 사진을 올렸다. 눈싸움을 하던 벽돌집 앞에서, 학교에 가던 골목길에서, 가족이 보트를 타던 강가 앞에서 다시 사진을 찍었다. 예전 사진과 같은 듯 달라 보이는 풍경이 사진 한 장에 담겼다. 과거에만 머물고 있던 사진들을 현재의 시간으로 데려왔다. 사진은 사람들을 옛 시절로 데리고 가 짧게나마 추억을 다시 느끼게 했다. 많은 이들이 이 프로젝트에 동참했고『잘 있었니, 사진아』(테일러 존스, 혜화동, 2013)라는 책으로 출간됐다.

이처럼 사진은 오랜 기억을 몰고 온다. 사진 한 장을 꺼내면 그때 있었던 일들이 파노라마처럼 펼쳐진다. 사진 속 옆에 있던 사람들이 보이고 그가 좋아하던 음악, 노래방에서 어깨동무하고 부르던 노래가 생각나기도 한다. 함께했던 시간과 공간이 줄줄이 떠오르면서 우리는 순식간에 그 시간 속으로 미끄러져 들어간다. 오래된 사진 한 장이 품은 기억은 어마어마하다. 사진 한 장을 구석구석 뜯어보는 사이에 기억이 수백 장의 다른 사진을 찍어낸다. 사진에 담긴 풍경과 사건만으로는 상상이 안 되는 시간이 그 시절 속에 가득하다.

사진은 시간이 흐르면 보물이 된다. 살아가면서 한 번 펼칠까 말까 한 앨범 속 사진들은 저마다의 순간을 담고 있다. 그 시절 일들을 되돌아보면 그 당시와 아주 다른 느낌이 든다. 아무것도 아니었던 일이 새롭게 다가오기도 하고 목숨을 걸 만큼 중요했던 일이 이제는 우스운 일이 되어 있기도 하다. 큰 갈등을 빚었던 사건과 사람도 반갑고 그리워진다. 그때는 느끼지 못했던 고마움이나 미안함, 소중함을 느끼게 되는 것이다. 사진이 선물해준 귀한 마음이다.

옛 사진을 갑작스럽게 마주하게 되면 더욱 깊이 과거로 빠져들게 된다. 가령, 방 청소를 하다가 툭 떨어진 오래된 사진 한 장이 그 순간의 일상을 훅 치고 과거를 불러올 때처럼 말이다. 그 시절 함께한 친구들 이름을 하나하나 떠올려보게 되면서 그때의 일들이 바로 어제 일어났던 것처럼 선명하게 살아난다. 사진 속에는 어디까지 뻗어갈지 모르는 비밀 이야기와 아름다운 기억이 가득하다.

연대기 성경

한부이가 한부이에게 95/4/15 -

그가 내게 무엇이라 말씀하실는지 기다리고 바라보며
나의 질문에 대하여 어떻게 대답하실는지 보리라 (합2:1)

158

〈24년 전의 사진 한 장〉

오늘 아침 〈시편〉을 읽고 싶어 성경을 찾았다. 눈에 띄는 곳에 성경이 없었다. 거실에서 안방으로 옮겨 구석구석 찾았다. 우리 집 책장에서 가장 흔했던 게 성경인데 무슨 일이지. 고투 끝에 눈에 제일 먼저 들어온 성경을 뽑아 들었는데, 세상에나 95년에 구입한 『연대기 성경』이었다.

표지를 넘긴 순간, 그곳에 붙여둔 네 아이 사진이 눈에 들어왔다. 96년 7월에 찍은 것이다. 지금으로부터 무려 24년 전, 장소는 수원 선경도서관 앞마당. 우리가 당시 수원에 살게 된 건 아이들을 모두 수원중앙기독초등학교에 보내려고 10년 계획을 세우고 이사를 했기 때문이다. 미국식 팀별 수업을 도입해 가르치던 수원중앙기독초등학교는 거의 처음으로 토요일을 휴일로 정한 학교였다. 그래서 토요일이면 아이들을 모두 데리고 도서관에 갈 수 있었다.

아이들은 도서관에 가는 걸 좋아했다. 우선은 소풍 가듯 버스를 탈 수 있어서였다. 평소 여러 식구가 승용차에 처박혀 비좁게 다니던 것과는 달리 널널한 버스 맨 뒷좌석에 앉아 높은 시야로 바깥을 바라보는 경험은 아이들에게 신선한 놀이였다. 그리고 당시 선경도서관에는 아이들이 배를 깔고 책

159

을 볼 수 있는 어린이 열람실이 따로 있었다. 편한 자세로 읽고 싶은 책을 맘껏 골라 읽는 것이 아이들에게는 또 다른 즐거움이었다. 아직 글을 읽지 못하던 4살 막내도 그곳에서 그림책 읽는 것을 무척 좋아했다. 녀석들이 제일 기다리는 것하나, 도서관 언덕길을 내려와 코너를 돌면 롯데리아가 있었는데 돌아올 때면 언제나 그곳에서 햄버거를 먹을 수 있었다. 당시 아이들이 제일 좋아하는 음식은 햄버거였다.

아이들 사진을 보니 그때의 일들이 주마등처럼 스친다. 사진한 장의 소회가 이런 것인가. 언제 저런 세월이 있었나 싶다.

옛날 사진 다시 해석하기
#추억 #의미

사진 속 시간은 멈춰 있다. 흐드러지게 핀 꽃은 시들지 않으며, 새로 산 운동화는 10년이 지나도 새하얗게 빛난다. 그래서 우리는 오래도록 기억하고 싶은 순간에 사진을 찍는다. 사진 속 시간은 영원한 생명을 부여받고 변함없는 모습으로 저장된다.

사진을 찍은 후에도 우리의 삶은 계속된다. 사진을 두고 서로 다른 시간이 공존한다. 사진을 찍을 때와 볼 때. 그사이 변한 것들은 새로운 이야기를 만들어낸다. 사진은 찍는 순간이 아니라 보는 순간에 의미가 만들어진다는 말은 옳다. 그리고 그 의미는 계속 변한다. 찍었을 때와 다르게 읽히는 사진은 추억을 재구성한다. 사진 속 멈춘 순간은 새로운 의미를 더해가며 내 삶으로 퍼져 나간다.

사진을 보여주는 것만으로는 내가 그 일에 대해 품고 있는 이야기를 들려줄 수 없다. 사진은 지금 내가 어떤 삶을 살고 있느냐에 따라 다른 마음을 불러낸다. 어떤 감정이 입혀지는지에 따라 소중하게 골라두었던 사진을 버리기도 하고 화가 나 찢어버린 사진을 다시 꺼내 보고 싶어 후회하기도 한다. 사진 속 인물의 죽음은 사진의 의미를 완전히 바꿔놓는다. 사진 속에서 우리는 훗날의 헤어짐을 전혀 예상하지 못하고 신나게 깔깔대고 있다. 마냥 즐겁기만 했던 순간이 다른 의미가 된다. 기쁜 순간이 슬퍼지기도 하고 고통스럽게 건너온 시간이 이제는 아련해져 사진으로 다시 보면 애틋한 마음이 들기도 한다. 우리는 사진을 다시 해석하며 사진에 찍힌 순간에서 시작된 이야기를 이어간다. 사진에 더해진 글은 사진 속 과거의 그 일이 나에게 어떤 영향을 미쳤는지를 말해준다.

사람이란 끊임없이 변하고 새로워지는 존재다. 우리의 시간은 새롭게 주어지기만 하는 것이 아니라 새롭게 읽힌다. 꼭 새로운 사건이 일어나지 않아도 지난 사진들을 다시 읽고 글을 더하며 우리의 이야기는 재구성된다. 오랜 시간에 현재를 입혀 추억을 다시 쓰고 우리는 새로워진다.

어디선가 주워 온 긴 막대기 하나에 신발을 주르륵 꿰어 엮었다. 바지를 무릎까지 걷어 올리고 모래와 바다 사이를 걸었다. 파도가 밀려들어 다리에 부딪혀 철썩거리며 부서졌다. 큰 파도가 부서질 때면 물방울이 허리춤까지 튀어 올랐다. 그때마다 깜짝 놀란 얼굴로 서로 마주 보고 깔깔거렸다. 우리는 숙소가 보이지 않을 만큼 먼 바다까지 걸어갔다. 모래밭에 자리를 잡고 앉아 해가 질 때까지 노래를 부르다 돌아왔다. 처음 보는 샴페인과 복분자가 함께했으니 제대로 된 박자와 가사가 없어도 기분은 한 옥타브씩 올라갔다. 그때의 바다 향과 파도 소리, 쓸려 왔다 밀려 나갈 때 발을 감싸던 물결의 느낌까지 모두 살아 있는데 함께했던 구본형 선생님만 이 세상에 안 계신다. 앞서거니 뒤서거니 서로의 뒷모습을 보며 바다를 따라 걷던 이 순간이 더 소중해졌다. 마지막이 마지막인 줄 모르고 마냥 즐겁기만 했던 시간.

감각 기억이 깨운
특별한 일상 기억
#사건 #추억

프루스트적 순간이라는 말이 있다. 소설가 마르셀 프루스트가 역설한 것으로 어떤 향기가 뚜렷한 장면 없이 감각으로만 남은 기억이나 경험을 끌어내는 순간을 말한다. 『잃어버린 시간을 찾아서』의 화자는 어머니가 가져다준 마들렌을 홍차에 담근 후 빵 부스러기가 섞인 차를 한 모금 마신 순간, 어렸을 적 레오니 아줌마와 함께했던 친밀한 시간이 떠오른다. 그 마들렌은 일요일마다 레오니 아줌마가 홍차에 찍어서 줬던 것과 같은 종류였다. "프루스트는 자발적이고 지적인 노력을 통해 기억을 불러일으키려고 할 때보다 마들렌, 오랫동안 잊었던 냄새, 또는 낡은 장갑 같은 것으로 인해 비자발적으로 기억을 떠올리게 될 때, 과거에 대한 생생한 이미지들이 더 잘 생겨날 수 있다고 생각했다"(『프루스트를 좋아하세요』, 알랭 드 보통, 생각의나무, 2005).

후각은 어떤 감각보다 예민하게 감정 기억을 불러일으킨다. 특별하다고 생각하지 않아 무심코 지나쳤던 순간들이 어떤 향에 이끌려 마음 깊은 곳에서 강력하게 떠오를 때가 있다. 어디선가 풍겨 오는 짜장면 냄새에 어릴 적 운동회 날이 떠오르고, 싸구려 요구르트에서 나는 달큼한 향에 엄마와 함께 목욕탕에 갔던 기억으로 빠져든다. 김밥 위에 바른 참기름 냄새만 맡아도 소풍날 아침의 들뜬 기분이 되고, 물파스 냄새가 훅하고 코를 자극할 때면 가족들이 한방에 모여 모기장 속에 누워 잠들던 오래된 여름날을 자연스럽게 기억해낸다. 달고나 솜사탕을 파는 리어카 옆을 지나갈 때 설탕이 녹아내리는 향에 이끌려 어린 시절 뛰어놀던 골목이 눈앞에 아른거린다. 특별하다고 생각하지 않아 무심코 지나쳤던 일상적 순간들이 나에게는 아주 강렬한 기억으로 남아 있다. 나도 모르는 새에 내 안 깊숙이 기억되는 감각 기억이다. 기억하고 있는 줄도 몰랐던 감각이 한 번도 가본 적 없던 오래전 과거의 섬으로 우리를 데려간다.

안타깝게도 이런 경험을 자주 하기는 어렵다. 후각은 자신이 특별한 순간을 기억하고 싶어서 의도적으로 기억하는 것이 아니기 때문에 자신이 기억하고 있다는 것조차 모른다. 시각은 사진으로, 청각은 녹음으로 저장이 가능하지만 냄새는 저장이 불가능하다. 오로지 다시 음미할 기회가 주어졌을 때 기억이 되살아날 뿐이다. 나를 이끄는 향기를 따라 천천히 기억의 계단을 내려가보면 생각보다 우리의 깊은 곳과 연결되어 있다. 오랫동안 꺼내보지 않아 이미 흐릿해졌고 특별하다고 생각하지 않았던 기억이 먼지를 털고 깨어난다. 소중한 줄 몰랐던 평범한 일상이 행복한 순간이었고, 나에게는 아주 특별한 기억으로 남아 있음을 깨닫는다.

사진으로 글쓰기는 이런 후각을 자극하는 좋은 방법이 된다. 가령, 프루스트가 홍차와 마들렌이 놓인 테이블 사진을 본다면 어떨까? 혹은 그것을 먹고 있는 자신의 어린 시절 사진을 보았다면 어땠을까? 눈앞에 그것들이 있지 않아도, 직접 그 향을 맡지 않아도 자연스럽게 후각이 자극돼 레오니 아주머니의 마들렌과 홍차를 떠올릴 테고, 그것은 좋은 글쓰기 소재가 되어준다. 사진으로 글쓰기는 자신의 기억에 있는지조차 몰랐던, 보통 직접적인 감각의 자극이 있어야 등장하는 과거의 어느 순간을 현실로 불러와 일깨워주는 힘이 있다.

나만의 기념사진 찍기
#사건 #의미

삶에 큰 전환점이 찾아올 때마다 기념사진을 찍는다. 첫돌, 입학식과 졸업식, 재롱 잔치, 생일날, 신입생 환영회, 결혼식. 시간이 흐르면서 자연스럽게 기념하는 것도 있고 어떤 단계에 도달했음을 축하하는 기념사진도 있다. 여럿이 모여 여행을 갔을 때는 나란히 모여 서서 단체 기념사진을 찍기도 한다. 아무리 사진이 없는 사람이라 해도 졸업 사진 하나쯤은 갖고 있다. 오래된 앨범에는 기념사진들이 순서대로 붙어 있다.

사진만 보고도 누구나 알아볼 수 있는 기념사진이 있

다. 어떤 아이가 촛불이 열 개 켜진 케이크 앞에서 활짝 웃으며 찍은 사진은 열 번째 생일을 기념하기 위해 찍은 사진이다. 만약 누군가가 학사모를 쓰고 찍은 사진을 본다면 졸업 사진이라는 것을 바로 알아차릴 수 있다. 웨딩드레스를 입고 찍었다면 당연히 결혼식 사진이다. 통과의례로 여겨지는 한 장면을 담은 사진들은 따로 이야기가 더해지지 않아도 무엇을 기념하기 위해 찍었는지 바로 보인다.

하지만 실제로 사람들이 기념하는 일은 그보다 훨씬 많고 기념 방식도 모두 다르다. 더욱이 이제는 사진을 쉽게 찍을 수 있게 되면서 사람들은 수시로 기념사진을 찍는다. 특별한 날 예쁜 옷을 차려입거나 사진관을 찾아가서 찍는 기념사진이 아니어도 다양한 형태로 많은 순간을 기념하며 사진으로 남긴다. 흔해 보이는 일상의 장면이나 평범한 사물과 풍경을 기념하며 찍기도 한다. 다만 이런 기념사진들은 사진에 담긴 내용만으로는 무엇을 기념하기 위한 것인지 알 수 없다. 사진으로 글쓰기를 통해 모두가 찍는 똑같은 기념사진 대신 각자의 방식으로 그날을 기념할 수 있다.

사회적으로 인정되는 의식 말고도 인생에서 중요한 순간은 많다. 긴 머리를 싹둑 자른 일도 기념하고, 새로 산 신발을 처음 신은 날도 기념한다. 여행 가방을 끌고 공항에 가는 것도 기념하고, 태어난 지 100일을 넘긴 아이를 데리고 엄마가 처음으로 혼자 외출한 날도 기념한다. 사진에는 단순히 여행 가방과 신발 한 켤레가, 집 앞의 나무 한 그루만 담겨 있을 수도 있지만, 기념하는 글이 더해진다면 모두가 소중한 의미를 갖는 기념사진이 된다. 당사자만 사연을 알 수 있는 기념사진이 오래도록 의미 있게 기억되려면 글쓰기가 필요하다.

자신만이 알 수 있는 기념사진의 사연을 글쓰기로 남겨보자. 사진도 글도 오래도록 기억에 남아 먼 훗날에도 그 순간을 기념할 수 있을 것이다.

〈안녕 휠체어〉

병원에서 보름, 집에 와서 렌트해서 한 달, 총 6주 동안 휠체어 생활을 했다. 낯설기만 하던 녀석이 어느덧 가장 가까운 동반자가 되었다. 그런 녀석을 오늘 반납했다. 보내기 전 녀석과 이별 세리머니를 했다.

'그동안 고마웠어. 네 덕분에 새로 알게 되고, 경험한 게 많아. 우리 아이들도, 동물 녀석들도 너를 좋아했어. 나만이 아니라 모두 그곳에 앉으면 편안해했지. 집 안에서만 네가 걸어준 길이가 만만치 않아. 내 발을 대신해서 움직여준 네 공헌을 진심으로 감사해.

다시 만날 날이 없기를 바라면서도, 널 보내는 게 은근히 섭섭하네. 예기치 못한 감정이야. 또 어느 곳에 가서 누굴 도울지. 넌 태어나기를 돕기 위해 태어난 참으로 복된 생이구나.

너와 지내던 시간을 잊지 않을게. 네 위에 앉아서 알게 된 것들, 그 느낌을 오래 기억하며, 주어진 것에 두 배로 감사하며 살게. 다시 한번 고마워.'

잃어버린
어린 시절 이야기
#추억 #의미

　동물원에 가면 아이가 아장아장 걷는 모습을 사진으로 남기려는 아빠를 쉽게 발견할 수 있다. 아빠는 아이를 따라 종종걸음으로 걷다가 땅바닥에 드러눕기도 하면서 사진 찍는 데만 온 신경을 집중한다. 저게 뭐라고 저러냐는 생각이 들다가도 '그래, 저 때가 아니면 찍을 수 없는 사진이 있지' 싶어 빙긋 웃음이 난다. 아이도 그때는 모르고 있겠지만 시간이 흘러 알게 되겠지. 누군가가 나의 시간을 기록하고 기억해준다는 게 얼마나 큰 기쁨인지를.

　요즘 아이들은 사진뿐만 아니라 동영상으로도 많은

순간이 기록되지만 20년 전만 해도 마음껏 사진을 찍는다는 게 쉬운 일이 아니었다. 서른이 넘은 어른 중에 어린 시절 사진이 많은 사람은 행운아다. 어린 시절 추억은 내 의지와 상관없이 어른들의 사정에 따라 쌓였다. 할아버지가 무릎에 앉히고 동화책을 읽어주시는 사진부터 시시때때로 새 옷을 입고 찍은 사진을 가진 사람이 있는가 하면, 알몸으로 찍은 백일 사진 한 장만 겨우 가진 사람도 있다. 대부분 열 살 때까지 찍은 사진을 모두 모아봐도 앨범 한 권을 겨우 채울까 말까. 어린 시절 사진이 없다는 게 조금 아쉬울 때도 있지만 속상하거나 부끄럽지는 않다. 그때 그게 당연했으니까.

사진으로 남아 있지 않은 어린 시절은 어른들의 말을 통해 전해진다. 집안에 기억력과 말솜씨가 좋은 어른이 계시는 것도 행운이다. 과거에 대해 궁금해할 때면 어른들은 내 어린 시절의 신나고 부끄럽고 재미있고 황당한 이야기를 아낌없이 들려주신다. 내가 주인공인 이야기이니 단편적이고 사소한 이야기일지라도 재밌다. 어떤 이야기는 전혀 기억이 나지 않지만 '내가 그랬구나' 하며 고개를 끄덕이며 듣게 된다. 또 어떤 이야기는 너무 황당해서

'내가 언제? 절대 그랬을 리가 없어'라며 혹시 어른들이 지어낸 이야기가 아닐까 의심해보지만 확인할 방법은 없다. 내 어린 시절 이야기인데도 할머니가 들려주시는 옛날이야기처럼 까마득하다.

때때로 기억은 기록을 넘어선다. 사진 한 장 남아 있지 않지만 또렷하게 기억에 남아 있는 장면들이 있다. 나와 전혀 상관없는 어떤 광경을 보고선 익숙하다는 느낌에 빠진다. 그러면 그 광경을 사진으로 담게 된다. 잔디밭을 뒹구는 아이의 표정이기도 하고 바다로 다이빙을 하는 아이의 모습이기도 하다. 잘 정돈된 얼음판이나 동화책의 한 구절에 내 어린 시절을 떠오르게 하는 단서가 들어 있을 때도 있다. 사진으로 남아 있지 않은 내 어린 시절 같아 그 순간을 얼른 사진으로 찍는다. 사진은 내 어린 시절 모습을 그대로 담고 있지 않지만 내 이야기를 담고 있다. 어른이 된 내가 시간을 거슬러 올라가 내 어린 시절 이야기를 사진으로 찍은 셈이다. 그 시절로 돌아가 다시 살아볼 수 없으니 사진으로 담을 수 없다고 생각했던 순간을 손에 쥐게 된다.

사진으로 글쓰기는 기억을 떠올리게 하는 사진에 내

어린 시절 이야기를 입힌다. 사진에 각주를 달듯이 내 어
린 시절 이야기를 시작한다. 글은 기억으로만 남아 있던
내 어린 시절 생활과 표정들을 살려낸다. 기억이 들려주
는 이야기를 잘 받아 적어 나의 어린 시절을 지키고 싶다.
잃어버렸던 어린 시절 이야기가 하나의 장면이 되어 내
사진첩으로 들어온다.

✳

첫 번째 바다는 변산해수욕장이었습니다. 집에서 가장 가까
운 바다가 변산해수욕장이었던 까닭에 우리 가족의 피서지
는 늘 변산해수욕장이었습니다. 텔레비전에서 보던 푸른 바
다 대신 황토색의 미지근한 바다였고, 온통 시커먼 튜브들로
가득했습니다. 썰물 때면 질척한 땅을 한참 걸어야만 한다는
점도 별로였습니다. 저의 첫 바다는 그저 인파가 득시글거리
는 천연 수영장 정도였습니다.

두 번째 바다는 대학 첫해를 마친 겨울에 찾은 경포대였습니
다. 동해 그것도 겨울 바다를 보겠다고 혼자 옷가지 몇 벌만
챙겨 떠난 여행이었습니다. 겨울바람은 오지게 차갑고 매서

웠습니다. 다른 사람들은 모두 가족 아니면 연인과 함께였는데 저만 혼자여서 그랬는지 더 추웠습니다. 하지만 추위보다 더 견딜 수 없었던 건 풍경의 반복이었습니다. 시간이 지나도 다가오거나 물러남 없이 계속 그 자리에 있는 바다는 조금 지루했습니다. 연애 시절 찾던 겨울 바다 역시 두근거림이 더해졌을 뿐 바다에서 멀찌감치 떨어져 저만치의 바다를 보는 일은 생각보다 그리 재미있지 않았습니다.

연애 시절 곁을 지키던 이와 결혼을 하고 나서 아이 둘과 함께 찾은 늦가을의 바다는 새로웠습니다. 아이들의 바다는 어른의 바다와 다르더군요. 녀석들은 물만 보면 달려들고 모래만 보면 주저앉는 사내 녀석들이었는데 추운 날씨에 아랑곳하지 않고 철 지난 바닷가에서 신나게 놀았습니다. 그날 저녁 밥상머리에서 나와 아내는 놀라운 사실을 알게 되었죠. 큰놈은 겨울 바다에서 고래가 하늘로 날아 숨구멍으로 물 내뿜는 걸 보았다 하고, 작은놈은 커다란 새가 물속으로 파고들어 커다란 물고기를 낚아채는 걸 보았다 하더군요. 저와 아내는 세찬 파도와 새 몇 마리밖에 보지 못했는데 말이죠. 바다라고 같은 바다가 아니구나 싶었습니다. 아이들의 첫 번째 바다가 저에겐 네 번째 바다였습니다.

사라진 것들을
추억하는 방법
#사건 #추억

친구는 일본 여행에서 다섯 개짜리 술잔 세트를 사 왔다. 술잔은 보는 각도에 따라 옥색으로도 보라색으로도 보였는데 술을 따라놓으면 마시기도 전에 영롱한 빛깔에 취했다. 모두가 탐내던 술잔이었다. 친구는 카페를 개업하면서 술잔을 인테리어 소품으로 꺼내놓았다. 사람들이 가장 많이 드나드는 카페 입구 오른쪽 선반에 술잔 다섯 개를 나란히 올려놓았다. 한 달쯤 지났을 때 술잔 하나가 사라졌다.

친구는 사라진 술잔에 관해 이야기하고 싶어 했다. 혹

시 술잔 세트를 찍은 사진을 갖고 있냐고 물었다. 하나가 없어지고 나서야 다섯 개를 찍어둔 사진이 없음을 알게 됐다. 여러 명에게 물었지만 애석하게도 술잔 세트 사진을 구하지 못했다. 이제 온전한 세트의 모습을 사람들에게 보여줄 수 없다. 사진은 오로지 눈에 보이는 것만 찍을 수 있다. 그 자리에 없는 사람이나 물건을 사진으로 담는 것은 불가능한 일이다.

인간의 언어가 가진 가장 놀라운 특성은 '없는 것'을 있게 만드는 힘이다. '없다'라는 말은 인간의 언어에만 있다. 없는 것은 없는 것이니 없는 것은 없어야 한다. 그런데 사람들은 '없다'고 말함으로써 '없는 것'을 있게 만들었다.

_『위반하는 글쓰기』, 강창래, 북바이북, 2020.

친구는 네 개만 남은 술잔을 찍어 소셜 미디어에 올렸다. '원래는 다섯 개짜리 세트'라는 말과 함께 술잔 도난 사건에 대해 이야기했다. 사라진 술잔을 이야기하는 데는 남아 있는 술잔 네 개만 찍은 사진으로도 충분했다. 사진에 보이는 건 네 개지만, 사라진 술잔까지 보였다. 하나가 사라졌다고 말하는 순간, 사진 속 술잔은 다섯 개 세트로 완성됐다. 사라진 술잔을 사진으로 찍을 수는 없지만, 술잔에 대한 기억을 글로 담을 순 있다.

사진으로 글쓰기는 사라진 것을 소환하기도 하는 작법이다. 눈앞에 보이다가 사라지는 순간을 쓰면 사람들은 그 과정을 따라 읽으며 사라진 물건을 알게 된다. 사진에 찍히지 않은 물건과 함께 사진을 이해하게 된다. 사람들은 누군가 보이지 않는 것에 대해 이야기하기 전까지는 그 존재를 알아차리지 못한다. 이야기를 듣고 사진을 다시 보면 사라진 자리가 선명하게 보인다. 사진은 존재하는 것들을 담기도 하지만 사라진 것들을 기록하기도 한다. 글은 사라진 것들을 살려내고 추억하게 한다. 잃어버린 것들, 사라진 것들, 그것들이 떠나가버린 빈자리를 찍은 사진에 글을 더해보자.

프라하의 바람이 제대로 삐친 애인처럼 사납다.

아무리 추워도 카페는 무조건 야외 테라스지!

가장 끝자리에 앉으니 여기가 프라하야, 라고 말하는 풍경을 선물로 받았다.

이 느낌이라면 나도 이 자리에서 짧은 소설 한 편을 완성할 수 있을 것 같았다.

얼른 메모지를 꺼내 생각들을 쏟아냈다.

다 됐다. 볼펜을 종이 위에 내려놓는 순간!

앞뒤로 새카맣게 꽉꽉 채운 메모지 두 장이 휙- 바람에 날아가버렸다.

어어어어어 하며 손을 들어봤지만 이미 상황 종료.

바람 따라 둥글게 굴러가던 볼펜만 남았다. 덩그러니.

공동의 기억 속에
나만의 기록 남기기
#사건 #추억

노력하지 않아도 재미있는 글을 쓸 수 있다면 글쓰기가 얼마나 행복할까. 등장인물도 사건도 확실하다. 관련 사진도 넘쳐나는 데다 초상권이나 저작권 걱정 없이 쓸 수 있다. 커뮤니티에 올리기만 하면 사람들이 재밌다거나 잘한다며 맞장구쳐주고 댓글도 많이 달린다. 이런 글쓰기라면 하지 않을 이유가 없다. 바로 커뮤니티 모임 후기다.

개인적으로 나는 모임 후기를 즐겨 쓴다. 여러 번 올리다 보니 노하우와 원칙들이 생겨났다. 첫째, 1박 2일 이내에 올린다. 뭐니 뭐니 해도 후기의 최대 경쟁력은 속도다. 함께 다녀온 사람들의 마음속에 설렘과 흥분이 살아 있을 때 후기가 더 생생하게 느껴지고 재밌다. 둘째, 사진은 10~20장 정도 고르면 좋다. 사진이 너무 많으면 보는 사람들이 지치고 너무 적으면 그날의 분위기가 전달되기 어렵다. 셋째, 절대 사진만 올리지 않는다. 자신이 찍은 사진만 주르륵 나열한 후기는 지루하다. 사진에 반드시 간단한 설명을 붙이는 게 핵심이다. 잘 쓴 후기는 모두의 기억을 자극한다. 후기는 미주알고주알 모두 적기보다는 스토리의 여백을 두어 적당히 성글게 쓰는 것이 좋다. 그 여백은 함께 시간을 보낸 사람들의 느낌을 댓글로 채울 자리다. 말하지 않은 부분도 함께 다녀온 친구들이 모두 알아듣고 맞장구칠 때면 비밀을 나눠 가진 느낌이 든다. 넷째, 올릴까 말까 하는 이야기는 올리지 않는다. 후기는 커뮤니티 사람들이 읽는 것을 전제로 쓰는 글이다. 누군가가 불편해하거나 불편을 넘어 불쾌해할 이야기는 올리지 않는다. 그것 말고도 재미있는 이야기는 넘쳐난다.

가족들과 모여 앉아 어린 시절에 대해 이야기하다 보면 서로의 기억이 엇갈리는 경우가 있다. 다행히 상황을 이야기해줄 사진이 있어 꺼내 보더라도 어떤 일이 있었다는 것 정도만 합의를 볼 뿐 앞뒤 맥락에 대해서는 제각각 기억이 다르다. 같은 사건이 맞나 싶을 정도로 서로 다른 기억을 가진 게 신기할 정도다. 그럴 때면 누구의 기억이 맞으며 도대체 어디서부터 기억이 엇갈리기 시작한 것인지 궁금하다.

친구들과 여행을 이야기할 때도 비슷한 상황이 벌어진다. 사진 속 사건이 일어난 것은 분명하지만 그에 대한 기억이나 방향은 모두 다르다. 사진만 보면 모두 그 현장에 있었고 같은 시간에 똑같은 것을 보고 경험한 것이 틀림없다. 하지만 저마다 다른 것을 보고 다른 기억을 쌓는다. 똑같은 음식을 나눠 먹으면서도 입맛에 따라 기분이 달라진다. 같은 산을 오르면서도 무릎이 아픈 사람이 있고 허리가 아픈 사람이 있으며 또 누군가는 발바닥이 저린 경험을 한다. 실제로 다른 것을 보기도 하고 다르게 받아들이기도 한다. 시간이 흐른 후 다시 사진을 볼 때면 아예 다른 경험을 한 것처럼 기억의 차이가 벌어지기도 한다.

사진이 모두의 기억을 담는다면 글은 각자의 기억을 기록한다. 친구들과 여행을 다녀오면 서로 사진을 공유하고 추억을 나누며 공동의 기억을 쌓아간다. 사진은 어느 한때 우리가 함께 시간을 보냈다는 증거가 된다. 내가 찍은 사진이 아니어도 내 시간을 담고 있는 보물이다. 사진만으로는 충분하지 않다. 사진으로 글쓰기는 공동의 기억 속에 담긴 내 경험을 살려내는 일이다. 글은 기억의 겉모습뿐만 아니라 그날의 정서까지 담고 있다. 꼭 특별한 시선이 아니어도 어떤 점이 좋았고 무엇이 남았는지를 기록하는 것만으로도 다른 사람과는 다른 나만의 기록이 된다. 나는 이렇게 보고 느끼고 기억했음을 기록해두는 것이다. 함께 공유하는 사진에 더해진 글은 그 경험 속에서 내가 중요하다고 여기는 것들을 말해준다.

사는 것처럼, 여행도 계획대로 되지 않는다. 여행에서 가장 중요한 준비물이 뭘까. 유머다. 외국 영화에서 다급한 상황에도 맞지 않고 시답지도 않은 유머가 반가운 건 그래서였던 모양이다. 푸념한다고 상황이 좋아지진 않으니 한 번 피식 웃고 방법을 찾는다.

오랜 친구들과 태안에 갔을 때 바닷가에서 텐트 치고 자던 새벽에 폭우가 왔다. 호우경보. 예보는 있었지만 해변길을 걸을 때 비가 거의 오지 않아 '까짓거' 하고 출발한 날 저녁이었다. 솔밭의 아늑한 곳에 텐트를 쳤고, 덕분에 잠을 설치다 일어났을 때 텐트를 비롯한 모든 장비는 빗물에 잠수 혹은 반신욕 중이었다. 잃어버린 장비를 회수하러 갔을 때 '수심'이 복숭아뼈 위로 한 뼘은 됐으니까. 철 지난 바닷가의 굶주린 모기들은 목숨을 걸고 달려들어 정수리부터 발가락까지 아무 데나 주둥이를 꽂았다. 상황은 엉망진창이었다.

우리는 무엇을 했을까? 성인 남자 셋에 전화도 터지고 차도 택시 타면 해결이고. 최소한 몸 상하진 않겠다, 안심. 그럼 배가 좀 든든해야지, 라면을 끓이고 빗물에 잠긴 소주병을 찾아왔다. 빼앗긴 피보다 많이 보충해야 한다며 개수대에서 건배를 하고 국물 한 방울 남기지 않았다. 원두를 갈아 커피까지 마신 후엔 모기와 백병전을 벌이며 시간을 보냈다. 첫 콜택시가 잡히는 시간까지. 배낭은 원래 무게의 두세 배가 되었지만, 지고 걸을 건 아니니까 아무래도 상관없었고. 새벽 4시에 택시가 폭우를 뚫고 해변으로 왔다. 차를 찾아 우리가 간 곳은 온천. 두어 시간 반신욕과 쪽잠으로 피로를 풀고 아침 든든히 챙겨 먹은 후에 장을 봐 예약해둔 휴양림으로 갔다. 물론 빗물과 흙투성이 장비 헹궈 말리고 온몸에 모기약 바르느라 진이 빠졌지만, 이게 즐거운 추억이 될 거라고 생각한 건 며칠 지나서가 아니라 폭우와 어둠 속에서 술잔을 부딪치는 순간부터였다. 실제로 소주가 더 맛나기도 했고.

강렬한 경험 되돌아보기
#사건 #의미

　　분홍색 운동화 사진이 커뮤니티에 올라왔다. 운동화
는 원래의 색깔과 무늬를 알아볼 수 없을 정도로 엉망진
창이었다. 하얀색 운동화 끈은 흙탕물에 찌든 채 다 풀려
있었고 운동화는 수없이 짓밟힌 모양으로 힘없이 늘어져
있었다. 친구는 뮤직 페스티벌에 신고 갔다 온 운동화라
며 이야기를 풀어놨다. 우산도 우비도 소용없는 엄청난
비바람이 몰아쳤고, 옷과 신발만 젖은 게 아니라 팬티까
지 흙탕물로 범벅이 됐다. 카메라는 아예 꺼낼 생각도 하
지 못한 채 오로지 음악과 분위기에 취해 광란의 밤을 보

냈노라고 했다. 운동화가 모든 것을 보여준다며 그 순간의 흥분에 대해 이야기했다. "이 운동화가 없었다면 아마 난 꿈을 꾸었다고 생각했을 거야."

집중하고 몰입하고 긴박했던 순간에는 기록 자체가 허락되지 않는다. 비행기 탑승 시간이 임박해서 전력 질주를 하는데 여유롭게 사진을 찍는 사람은 없다. 시험장에서 중요한 시험을 치르는 순간도 사진으로 남기기 어렵다. 산을 오르다 길을 잘못 들어 헤매면서 나뒹구는 순간에 카메라를 들고 설칠 수는 없다. 절박함이 극에 달하여 생과 사를 오가는 순간은 강력한 기억을 만듦에도 불구하고 사진으로 남아 있는 경우가 드물다. 눈앞에 닥친 일이 급박하여 온몸으로 순간을 살아야 한다.

모든 시간이 지나고 평온해지고 나서야 비로소 그 시간을 돌아볼 수 있다. 길을 잃어 헤매는 동안 손에 쥐고 있던 찢어진 지도를 사진으로 담아둔다. 중요한 수술 후 링거 병을 찍어 올리며 그 순간을 곱씹는다. 이때 찍은 사진은 몰입의 현장을 담고 있지는 않지만 그때의 느낌을 되살리는 중요한 단서가 된다. 일이 마무리되고 감당할 수 있는 상황이 됐을 때 비로소 그 순간을 돌아볼 여유가 생긴다.

우리가 경험한 일이 자리 잡기까지는 시간이 걸린다. 사진에 담긴 것은 폭풍이 지나간 흔적일 뿐이다. 사진으로 글쓰기는 폭풍의 한가운데에서 일어났던 일들을 담아내는 데에 유용하다. 우여곡절이 많고 앞뒤 좌우 생각할 겨를 없이 깊게 몰입한 일일수록 특별한 시간의 흔적을 남긴다. 몰입했을 때는 눈앞의 일에 집중하다 보니 내면의 상태에 관심을 기울일 여유가 없다. 이미 모두 지나가버린 절박함의 순간을 글로 살려내야 한다. 폭풍처럼 내 삶을 휩쓴 몰입의 시간은 카메라에는 잡히지 않지만 내 글 속에는 모두 담을 수 있다.

고도가 높아지면 단위 부피당 공기의 양이 줄어들고 따라서 산소도 적어진다. 숨 한 번 들이쉴 때 들어오는 산소의 양이 줄어들기 때문에 몸은 줄어든 산소에 적응하기 위해 애를 쓴다. 고도를 천천히 높이는 이유도, 고소 증세가 왔을 때 내려가야 하는 이유도, 물을 많이 마시고 숨을 크게 쉬어야 하는 이유도, 혈관을 확장시키는 비아그라나 혈액을 묽게 해 혈류 속도를 높이는 아스피린을 복용하는 이유도 줄어든 산소에 적응하려는 몸을 돕기 위해서다.

적응은 적응이고, 몸은 기압이 낮아진 환경의 지배를 받는다. 바닷속으로 내려가면 오장육부가 쪼그라들 듯 3000미터, 4000미터로 올라가면 장기가 활개를 친다. 체감할 순 없지만, 증거가 있다. 방귀다. 장기 속 기체의 움직임이 어찌나 활발한지 진지하게 히말라야의 흰 산들을 보며 걸을 때도 수시로 방귀가 나오고 침낭 안에서 뒤척일 때마다 부르릉붕붕 거린다. 뽕, 뽕이 아니다. 하나 냄새 때문에 깨진 않는다. 피곤해서 깊이 잠들었기 때문이 아니라, 양말 덕이다.

로지에 온기란 없어서 젖은 옷을 말리는 방법은 입는 것뿐이다. 걸을 땐, 몸을 데운 후 땀이 나지 않도록 천천히 걷는 것이 중요하고, 땀이 났다면, 로지에 도착해 마른 옷으로 갈아 입고 뜨거운 차를 마셔 체온을 올린 후 젖은 옷을 입어 말린다. 열이 많아 땀이 많은 나는 한기를 느끼지 않는 한 그냥 주야장천 입고 있었다. 문제는 옷이 아니라 양말이다. 물을 많이 마셔 땀에 염분이 적은 데다 강한 바람이 계속 땀을 말린 덕에 잘 조절하면 옷은 어지간해선 젖지 않는다. 하지만 조여맨 등산화 속에서 양말은 썩어간다. 실험 결과, 배 속에서 하루 이틀 묵은 똥내를, 등산화 속에서 며칠 썩은 양말내가 이기더라. 하물며 몇 시간 만에 배출되는 방귀쯤이야.

어른들의 성장 스토리
#사건 #의미

아이들은 눈에 띄게 자란다. 그저 함께 밥을 먹고 눈웃음을 나눴을 뿐인데 키도 크고 몸무게도 늘어난다. 몇 번을 넘어지면서도 결국 직립 보행에 성공하고 첫발을 뗀다. 앞니가 빠지고 새로운 이가 돋아난다. 학년이 올라가고 입학과 졸업을 반복하며 하루가 다르게 성장한다. 순간순간을 사진으로 찍어 한 줄로 엮기만 해도 쑥쑥 자라는 모습이 보인다.

어른의 성장은 아이의 성장과 다르다. 새로운 연애나 가까운 사람의 죽음과 같은 커다란 사건을 경험하며 홀

쩍 자란 듯한 느낌을 받게 된다. 긴 여행을 다녀오거나 좋은 책 한 권을 읽었을 때도 이전과는 다른 사람이 된 것 같다. 새롭게 도전하거나 어린 시절 트라우마를 극복하는 것도 우리의 마음이 성장했다는 증거가 된다. 문득 다른 사람을 배려하고 부모님의 마음을 헤아리는 자신을 발견하게 된다. 어른의 성장은 성장이라는 말보다 성숙이라는 말이 더 어울리기도 한다. 어떤 변화는 한순간에 벼락처럼 찾아오고, 어떤 변화는 가랑비에 옷 젖듯이 긴 시간 동안 천천히 찾아온다. 이런 순간들을 기록한다면 좋은 성장 스토리가 된다.

어른들은 아무도 모르게 자란다. 어떨 땐 본인도 모른다. 마음속에서 성장하기 때문이다. 아이의 성장 스토리는 사진만으로 충분히 설명할 수 있지만, 어른의 성장은 눈에 보이지 않기에 사진으로 담아내기 어렵다. 따라서 변화나 깨달음을 말하기 위해서는 글의 힘을 빌려야 한다. 성장에 대해 이야기할 때는 출발점과 도착점을 보여주고 그 사이의 변화를 담아내면 성장 스토리가 완성된다. 출발점보다 도착점이 더 나은 곳일 때 성장이라고 한다. 나를 붙잡고 있던 것이 무엇이었는지, 성장으로 나아

가려는 순간의 두려움과 귀찮음을 어떻게 극복했는지를 자연스럽게 담아간다.

지금보다 더 나은 사람이 되고자 했던 자리마다 성장의 흔적이 남는다. 아이의 성장은 시간이 흐르면 누구나 자연스럽게 얻게 되지만, 어른이 성장은 스스로 이뤄나가지 않으면 달성할 수 없는 것들이 많다. 저마다 살아온 삶의 결이 모두 다르다 보니 성장의 시기도, 모습도, 방향도 모두 다르다. 우리가 자신이 성장하고 있다는 흔적에 관심을 기울여야 하는 이유다. 나무의 나이테처럼 성장의 흔적을 담은 사진을 모아 내 마음의 키가 얼마큼 자랐는지 기록해보자.

작년 내 리스트에 '뱀을 목에 걸쳐보기'가 추가됐다. 열대 나라 관광지에는 돈 받고 커다란 파이선python을 목에 걸치게 해주는 곳이 꼭 있다.

움직이는 물체 중 내가 제일 무서워하는 건 뱀이다. 어려서 앞집에 살던 오빠가 독사에 물려 죽은 후, 내게 뱀에 대한 트라우마가 생겼다. 어제 같이 뛰어놀던 오빠가 오늘은 이 세상 사람이 아니라는 것, 더 이상 볼 수 없는 곳으로 가버렸다는 것. 내가 처음 접한 죽음에 대한 공포였고 그건 뱀이 가져다준 것이었다.

이후 뱀은 내 꿈의 단골손님이었다. 자주 가위눌리고 식은땀을 흘렸다. 능구렁이가 이불 속에 들어와 내 몸을 칭칭 감는 꿈은 최악이었다. 숲을 좋아하는 내가 아직도 홀로 숲에 가지 못하는 건 순전히 뱀 때문이다.

작년 스리랑카 여행 때 갈레 항구에서 예전의 파이선 아저씨를 만났다. 뱀을 목에 걸치고 사진을 찍는 사람들을 보고 '나도 해봐?' 하는 생각을 난생처음으로 하게 되었다. 그리고 이번 베트남 여행에서 우연히 기회가 왔다. 메콩델타 투어의 한 목적지인 벤 트레 농가에서였다. 그곳에선 돈을 받지 않고 뱀을 두르고 사진을 찍게 했다. 젊은 친구들은 너도나도 두려워하지 않고 참여했고 가이드는 자연스레 내게도 마치 하와이안 꽃목걸이를 걸어주듯 파이선을 걸어주었다. 경황없이 당했다고 할 수 있지만 꼭 그런 건 아니었다.

도망갈 수도 있었다. 그러나 그렇게 하지 않았다. 이렇게 당하듯 일을 치르는 게 어쩌면 가장 효과적인 방법일 거라는 계산을 했던 것이다. 그러나 막상 뱀이 내 몸에 걸쳐지자 본능적인 공포가 밀려오는 건 어쩔 수 없었다. 가이드가 손을 놓아버리자 내 몸은 굳었고 그런 나를 의식했는지 파이선은 몸을 한 번 뒤흔들었다. 기겁을 한 나를 보고 사람들은 웃었다. 그곳의 누구에게도 나와 같은 공포가 없다는 게 신기했다. 아무튼 맘을 추스르고 뱀의 피부도 만져보고 뱀 머리를 손으로 잡아 올려보기도 했다.

그렇게 해서 뱀의 공포가 사라졌냐, 하면 그건 아니다. 다만 내가 뱀을 만져 보았다는 것, 뱀이 주는 공포심에 대해 무언가 의미 있는 시도를 했다는 것이 내겐 큰 위안이다. 공포를 이기는 첫걸음치고는 꽤 훌륭했다고 자찬한다.

백지 사진으로 글쓰기

#추억 #의미

누구나 갑자기 지난날을 되돌아보는 시간이 있다. 그런 순간들도 사진 글쓰기와 이어질 수 있다. 가령, 내게는 이런 순간들이다. 가만히 누워 내 삶을 꺼내 본다. 어떤 지점은 빨리 감기를 한 것처럼 빠르게 돌아가고 또 어떤 지점은 세세한 재질이 만져지며 천천히 돌아간다. 내 인생에 자주 등장하는 장면은 어떤 것인지, 갑자기 출현했지만 더없이 중요해진 것은 무엇인지 하나하나 떠올려본다. 사진 기록을 넘어 기억 속의 시간을 살피다 보면 미처 사진으로 남겨두지 못한 순간이 너무도 많다. 일상적인 기억들이 특히 그렇다. 소중한 줄 모르고 기록으로 남겨두지 못했는데 시간이 흐르고 보니 문득 중요한 순간이었다는 것을 깨닫게 된다. 흘러가버린 시간을 되돌릴 수 없으니 놓쳐버린 순간을 다시 사진으로 담을 기회는 주어지지 않는다. 그 사진은 영원히 찍지 못하는 사진이 되고, 마음속 풍경으로만 남는다.

사진 치료 기법 중 '백지 기법'을 활용하면 사진 없이도 이야기를 글로 풀어갈 수 있다. 백지 기법은 말 그대로 아무것도 없는 빈 백지를 사용해서 투사적 이미지들을 끌어내는 방법이다. 방법은 단순하다. 백지 한 장을 꺼내 실제 사진이라고 생각하면서 그 장면을 떠올리면 된다. 우리가 많이 갖고 있는 사진 사이즈인 3×5인치나 4×6인치로 잘라 사용하면 실제로 사진을 보는 것과 같은 느낌이 들어 더 생생하게 장면을 떠올릴 수 있다. '당신은 마음속에 있는 사진을 보고 있어요. 이 사진은 당신이 미처 찍지 못한 사진이에요. 저는 그 사진을 볼 수 없어요. 사진을 천천히 살펴보세요. 그리고 저에게 사진에 대해 말해주세요.' 마음속 사진을 보면서 떠오르는 장면과 사건을 글로 표현하면 된다. 바로 글로 표현하기 어렵거나 순간적으로 기억을 놓칠 것 같다면 먼저 그림으로 그려두는 것도 좋다.

그러면 아무런 자극 없이도 어떤 기억들이 선명하게 떠오른다. 내가 같이 살던 사람들이나 내가 살던 집들, 오래전에 쓰던 책상과 의자, 사라져버린 공간들, 한때는 가족보다 자주 만나던 옛 직장 동료들……. 내가 가지고 있는 그 많은 사진들 중에 남기지 못한 기억들이다. 그때 마음을 가다듬고 그 순간 속으로 들어가본다. 사진으로 찍었다면 어떤 장면을 담았을지, 그 순간에 들려오던 음악 소리와 함께 걷던 사람의 목소리를 세세하게 떠올려본다. 여러 장면들을 엮어 옴니버스식으로 연결해도 좋다. 여러 장의 사진을 연결해서 보여준다면 그 자체로 내 역사가 된다. 조용히 천천히 그 기억들을 종이 위로 내려놓으면 사진으로 남아 있지 않은 순간이 마치 하나의 이미지로 나타난 듯한 느낌을 얻을 수 있기 때문에 글로도 쓸 수 있게 된다.

시간이 쏜살같이 흘러가다가 어느 날 갑자기 멈출 때가 있다. 이런 날은 우리에게 돌아보기가 필요한 날이다. 편안한 의자에 앉아 내 안에 가라앉는 생각들을 들춰보

자. 하루하루 살아내느라 잊고 지낸 인생의 따뜻한 풍경을 다시 마음속에 심는 작업, 그것이 백지 사진으로 글쓰기의 핵심이다.

〈내가 같이 살았던 사람들〉

나는 모르는 사람과 같이 산 적이 있다. 아는 사람이 아무도 없는 곳에서 어디든 내 한 몸 누일 곳을 찾아야 했다. 룸메이트나 하우스메이트를 구하는 인터넷 커뮤니티에 들어갔다. 적당한 동네를 검색하고 돈이 맞는 집을 골라 전화를 걸었다. 한번 만나 방과 룸메이트 얼굴을 확인하고 두 번째 만남부터 우리는 같이 살았다. 나는 옷상자만 들고 그들 집으로 들어갔다. 지금 와서 생각해보면 어디서 그런 용기가 났을까 싶지만 그때는 방법을 그것밖에 몰랐다. 승용차 트렁크에 다 실리는 단출한 살림을 이 집에서 저 집으로, 저 집에서 다른 집으로 옮기며 세 명의 룸메이트 혹은 하우스메이트를 만났다.

시작은 신림동 2층짜리 주택(에 달린 방 한 칸)이었다. 현관문을 열고 들어가면 갖가지 살림이 한눈에 들어오는 단칸방에서 두 살 위 언니와 같이 살았다. 집주인은 침대에서 자고 나는 바닥에 이불을 펴고 잤다. 언니는 주말마다 걸레를 들고 침대 밑에 들어가 먼지를 닦아야 안심이 되는 사람이었다. 침대는 들어갈 때는 어찌어찌 들어가지만 빠져나오기는 어려울 만큼 낮았다. 침대 밑에 들어간 언니는 걸레질을 할 때마다 '으으으으으' 하고 소리를 냈다. 그 힘든 몸부림을 한 주도 거르지 않고 반복했다. 내가 청소할 겨를도 없이 방은 항상 반짝반짝했다.

같이 살기 시작한 지 1년쯤 됐을 때 언니에게서 메시지가 왔다. 언니는 그 정갈함을 나에게도 요구했다. 언니는 화장실에서 화장지를 쓰고 나서 쓰레기통에 버리는 법까지 정해주며 지켜주길 당부했다. 나에게는 너무 가혹한 규칙들이었다. 내 물건들이 언니 방을 어지럽히고 있다는 생각에 아무도 주지 않는 눈치를 보게 됐다. 처음이자 마지막으로 언니와 같이 저녁을 먹었다. 그리고 나는 다른 집으로 이사했다.

건대 앞에 방 두 칸짜리 집으로 이사했다. 하우스메이트는 나보다 어린 동생이었는데 집에서 큰돈을 대줘서 전세로 집을 얻었다. 집주인은 큰방을 쓰고 나는 책상도 들어가기 어려운 작은방에 알록달록 어지러운 상자들을 쌓아놓고 살았다. 그래도 나만의 방이 생겼다는 것이 마냥 좋았다. 볕이 잘 들어 주말에 창문을 열어놓고 있으면 세상을 다 가진 것처럼 환한 집이었다. 우리는 거실과 주방, 욕실을 공유하고 각자의 방에서 생활했다. 동생은 스케줄에 따라 출퇴근이 들쭉날쭉했기에 서로 마주칠 일이 거의 없었다. 세금을 나눠 낼 때면 고지서를 들이미는 것이 아니라 편지에 고맙고 미안하다는 말과 함께 내가 내야 할 금액을 적어 문 앞에 꽂아두는 다정한 동생이었다.

어느 날 아침 출근 준비를 하는데 칫솔이 축축했다. '설마?' 하면서도 불편한 마음에 새 칫솔을 꺼내 양치질을 하고 출근을 했다. 일주일이나 지났을까. 거실 빨래 건조대에 널어둔 내 팬티가 사라졌다. 다음 날 아침 하우스 메이트의 빨래 바구니에서 내 팬티를 발견했다. 나는 이렇게는 못 살겠다며 그 집을 나왔다. 집을 나가는 이유에 대해 하우스메이트에게는 솔직하게 말하지 못했다.

새로 이사 간 방은 내 짐을 상자 밖으로 모두 꺼내놓고도 이불을 펼 자리가 있을 만큼 넓었다. 그 방을 현모양처가 꿈인 친구와 같이 썼다. 내가 갖고 온 상자를 방 가운데 놓아두고 암묵적인 경계선이 지어졌다. 룸메이트는 창문 쪽을 썼고 나는 출입구가 있는 쪽에 짐을 풀었다. 친구는 퇴근 후 방에 들어오자마자 가방에 있는 물건까지 모두 꺼내 제자리에 정리해놓는 깔끔한 친구였다. 속이야 어땠는지 모르지만 나에게는 정리하라는 잔소리를 한 번도 하지 않았다. 방을 닦으면서도 상자가 놓여 있는 경계선까지만 청소를 했다. 이렇게 철저하지만 잠자리에 누웠다가도 "언니 자?" 하면서 말을 걸어오던 따뜻한 동생이었다.

방 넓이만큼 창도 넓어 환기도 잘되는 좋은 방이었는데 나 혼자 답답해했다. 그 방에서 단 한 번도 혼자 있어본 적이 없었기 때문이다. 퇴근할 때 골목길에서 환하게 불이 켜진 내 방 창문을 보면 차라리 다시 회사로 돌아가고 싶은 심정이었다. '친구도 없나. 좀 나가 놀지' 이런 생각에 깊은 한숨을 쉬며 방문을 열었다. 가끔은 집에서 광광 음악을 틀어놓고 싶기도 했는데 절대 할 수 없는 일이었다. 밤늦도록 책을 보고 싶었지만 동생이 푸덕거리며 이불을 펴면 나는 슬슬 형광등을 끌 준비를 해야 했다. 나는 밖으로 나도는 삶을 살았다. 룸메이트는 언제 오냐는 메시지도 자주 보냈는데 그게 나를 더욱 숨 막히게 했다. 누군가 집에서 기다리고 있다는 안도감이 들면서도 그 안도감에 부응해야 하는 게 힘겨웠다. 우리는 끝내 서로에 대해 마음에 들지 않는 점을 말하지 않은 채 웃으며 지내다가 헤어졌다.

누군가와 같이 산다는 것은 참으로 고단한 일이다. 작정하고 해를 끼치려는 마음이 없더라도 한쪽에서는 불편하고 피해를 보는 상황이 발생한다. 한 부모 밑에서 나고 몇십 년을 같이 살아온 자매끼리도 맞지 않아 지지고 볶으며 싸우는데, 내내 따로 살다가 어느 날 갑자기 한 집에 모여 살기로 마음먹은 관계는 오죽하겠는가. 같이 사는 사이에서는 너무 과해서도 안 되고 너무 모자라서도 안 된다. 청결해야 하지만 옆 사람에게 강요해서는 안 되고 관심을 가져야 하지만 숨 막히게 해서는 안 된다. 하지만 늘 내 기준에 맞추다 보면 상대방에게는 너무 과하거나 모자라게 된다.

혼자 있는 방에 가만히 앉아 지난날 같이 살았던 친구들과 그 방들에 대해 생각해봤다. 그때는 온통 내 감정에 휩싸여 돌보지 못했던 그들의 인내심과 내 단점들, 내가 그들에게 뿌리고 다녔을 부정적인 말과 표정들이 떠올랐다. 신림동 언니는 참고 참고 참다가 나에게 규칙을 정해주며 잘 지내보자 메시지를 보냈을 것이다. 건대 동생은 같이 사는 사람끼리 칫솔 바꿔 쓰는 정도로 너무 민감하게 군다고 생각했을지도 모른다. 현모양처 동생이 밤마다 나에게 메시지를 보냈던 게 내 밤길이 걱정돼서일 수도 있지만 밤늦게 들어와 부스럭거리는 통에 계속 잠을 설쳤기 때문일 수도 있다. 이 마음들이 이제서야 보인다. 나만 힘든 게 아니었다. 그들이 말을 안 해서 그렇지 나와 살면서 마음에 들지 않았던 게 한두 가지였을까. 누군가 말만 시켜 주면 2박 3일을 읊고도 모자랄 것이다. 다만 입을 꼭 다물고 참고 있을 뿐. 그렇게 참게 했던 것이 돈이었든 외로움이었든 내가 가늠할 수 없는 또 어떤 어려움이었든 간에 그들은 나를 참아주었다. 그 너른 마음과 견딤이 새삼 고마워진다. 그리고 나와 같이 사는 사람들에게 그 마음들을 돌려주고 싶다.

*

*

Part 6

일상 사진

가장 나다운 장면으로
글쓰기
#관찰 #의미

    사진작가 구본창의 '비누' 시리즈는 충격적이었다. '비누' 시리즈는 닳고 부서지고 마르고 갈라지고 쪼그라든 비누들을 촬영한 작품이다. 분명 매일 보고, 지금까지 수천만 번을 더 봤을 비누가 그의 사진 속에서는 몹시도 낯설었다. "비누는 자기 몸을 녹여 거품을 만들고 그것으로 우리의 때를 씻어낸다. 그렇게 비누는 결코 멈추는 법 없이 끊임없이 소멸한다. 비누에게는 살아가는 행위가 곧 죽어가는 행위다. 그러나 우리가 비누의 마지막 순간을 목격하는 일은 매우 드물다"(『공명의 시간을 담다』, 구본창,

컬처그라퍼, 2014). 그의 말대로 무심코 흘려버리기 쉬운 사라짐의 순간에 카메라로 포착한 비누는 보석같이 영롱한 아름다움을 빛내고 있었다.

매일 마주치고 항상 곁에 존재하는 것에서 특별함을 발견하기는 쉽지 않다. 자주 보고 많이 봤기 때문에 그것을 잘 안다고 확신하고 무심히 지나쳐버린다. 아파트나 사무실처럼 일상적인 장소를 사진으로 담는 일은 다음으로 미룬다. 언제든 마음만 먹으면 다시 볼 수 있다는 생각에 한 번도 제대로 들여다보지 않는다. 항상 그곳에 있지만 일부러 보려 하지 않으면 잘 보이지 않는다. 가장 흔한 장소와 물건을 소재로 한 사진이 드문 이유다.

주변에서 가장 사소한 풍경들을 사진으로 찍어보면 어떨까. 실제로 그렇게 해본 적이 있다. 외출하다가 발걸음을 멈추고 주위를 둘러봤다. 평소보다 느리게 걷는 것만으로도 새롭게 다가오는 풍경이 있다. 조금만 노력하면 더 새로운 것들을 볼 수 있다. 스치듯 보기만 하던 풍경이나 물건을 다른 모습으로 찍어보겠다고 마음먹고 여러 번 촬영한다. 서너 장 찍고 나니 대충 봤던 모습들은 다 담은 것 같다. 그때부터는 다른 모습을 찾아 카메라를 요리조리 움직여본다. 위아래를 뒤집어서도 보고 옆과 뒤도 봐야 한다. 반복해서 보면 사물과 풍경을 좀 더 세밀하게 관찰할 수 있다. 또 한 가지 방법은 다른 눈높이에서 보는 것이다. 의자 위로 올라가서 보거나 아예 쪼그려 앉아 책상 아래 모습을 관찰한다. 사진은 익숙한 삶에서 내가 놓치고 있던 이야기를 발견하게 한다. 카메라를 들고 사진을 찍어야 한다고 생각하니 뭐든 특별하게 보려고 노력하게 되고, 사진으로 찍는 순간 평범한 풍경에 의미가 생기기 시작한다. 주변의 일을 스치지 않고 꼼꼼히 봄으로써 사진의 내용은 풍성해진다. 일상은 보려는 만큼만 보인다.

평범한 풍경이나 사물도 나만의 정의를 내리면 내가 어떻게 바라보는지 선명해진다. '○○은 ○○이다'라고 시작하는 글을 쓰면 된다. 사전식 단어 정의가 아니라 그 단어가 주는 뉘앙스, 쓰임새, 그리고 생활과 경험이 반영된 시선이다. 그 정의는 모양에서 오기도 하고, 행동에서 오기도 있다. 새롭게 바라보는 방식이든 새로운 언어로 표현된 것이든 모두 의미 있다. 사람들이 무언가를 보며 갖는 느낌과 떠오르는 경험은 모두 다르다. 모든 일상에는 나만의 방식과 이유가 있다.

가장 평범해 보이는 순간이 가장 나다운 글이 된다. 매일 보는 풍경 속에 내가 사진으로 담아야 할 순간들이 있다. 일상의 작고 사소한 일들은 일부러 보려고 애쓰지 않으면 눈에 띄지 않는다. 크고 화려한 것들은 모두가 사진을 찍고 기억하지만, 하루하루 반복되는 내 일상에는 아무도 관심이 없다. 내가 기록하지 않으면 아무도 기억하지 못하고 이 세상에서 영영 사라져버린다고 생각하면 평범한 일상들을 기록으로 남기는 일이 소중해진다.

✳

반찬이 있는 날에는 아침밥을 안치고 할 일이 없다.

잠깐 서성대다 불현듯 세 통이나 되는 볼펜 나부랭이가 거슬려 그걸 붙잡는다.

이사 다닐 때마다 정리했을 텐데

아직도 너무 많은 볼펜이 깔끔하게 정리하지 못한 과거 같고,

마무리 짓지 못한 일들 같아 마음이 무거워진다.

볼펜을 하나씩 잡아 써보니 다 잘 나온다.

어쩌면 알록달록한 판촉물까지 이렇게 성능이 좋은지.

한 시절 공신이었던 모나미밖에 버릴 것이 없다.

걔들도 다 잘 나오지만 요즘 것처럼 매끄럽진 않다.

멀쩡한 속심을 버리는 손길이 아직 충분히 쓸 만한데 버림받는 것처럼 아프다.

손글씨 쓸 일은 점점 없어지는데 뭐가 이렇게 많은지

앞으로 몇 개만 꺼내놓고 다 쓸 때까지 끝장을 보리라 결심한다.

이제 그 어떤 일도,

할 수 있었던, 하고 싶었던, 그냥 스쳐 간…… 아이디어 중에서 한두 개만 붙잡고 늘어져야 하리라.

기필코 성과를 내야 하리라.

모나미에 미안한 마음을 그렇게 달랜다.

할 수 있었다는 말보다 더 가슴 아픈 말은 없으리니.

산만한 사진을
글쓰기로 살려내기
#관찰 #의미

사진 한 장에는 하나의 메시지만 담아야 한다. 좋은 사진 찍는 법을 알려주는 책에서도 필요 없는 것들을 덜어내는 연습이 중요하다고 강조한다. 이것저것 욕심을 내다 보면 정작 보여주고 싶은 것들이 묻혀 힘을 잃게 된다. 꼭 필요한 부분만 남기고 나머지는 과감히 버려 화면을 단순하게 표현해야 한다.

화가가 그림을 그릴 때는 생각한 대로 생략하거나 추가할 수 있다. 주인공 뒤에 어수선한 배경이 방해된다면 그리지 않으면 그만이다. 그러나 사진은 그렇지 않다. 카메라 앞에 펼쳐진 세상이 그대로 담긴다. 다가가서 배경을 물리적으로 정리하지 않는 이상 모든 상황이 고스란히 사진에 표현된다. 사진을 찍는 사람은 보여주고 싶은 것으로 시선을 모으기 위해 요리조리 카메라를 움직이며 구도를 잡고 심도를 조절해 배경을 흐리게 하기도 한다. 피사체를 좀 더 또렷하게 담기 위해 자리를 옮겨 배경을 바꾸거나 카메라를 위아래로 조절하면서 똑바로 봤을 때와는 달라 보이게 담기도 한다.

이런 과정 없이 보이는 대로 찍다 보면 사진 한 장에 너무 많은 이야기가 담겨 사진이 산만해진다. 그러면 복잡한 배경 때문에 시선이 봐야 할 것으로 모이지 못하고 방향을 잃고 헤매게 된다. 중요한 순간을 잡기 위해 이것저것 재지 못하고 급하게 셔터를 누를 때도 있다. 순간 포착이 필요한 순간에는 일단 찍어두어야 한다. 머뭇거리는 사이에 내가 찍고 싶은 멋진 장면은 사라져버린다. 다음 장면으로 바뀌기 전에 조금 덜 만족스럽지만 상황을 보여주는 사진을 찍어둔다. 그리고 더 나은 사진을 위해 조금씩 조절하면서 다시 한번 찍는다. 하지만 대부분은 처음에 찍은 사진이 전부인 경우가 많다. 사진으로 담고 싶은 순간은 내가 사진 찍도록 기다려주지 않는다. 지저분한 배경은 둘째 치고 보여야 할 것들이 무언가에 가려진채 찍기도 한다.

사진으로 글쓰기는 사진에서 무엇을 봐야 하는지를 정확히 짚어준다. 어떤 글을 쓰느냐에 따라 사진에서 주목하는 부분이 달라진다. 마치 예능 프로그램의 자막과 같다. 출연자의 머리 위로 CG와 함께 뿌려지는 화려한 자막은 우리가 봐야 할 곳과 웃어야 할 포인트를 짚어준다. 예능 프로그램에서는 '혼자서 딴짓 중'이라는 자막 하나로 앞쪽에 크게 찍힌 사람이 아니라 뒤쪽에 작게 찍힌 사람에게로 시청자의 시선을 모으기도 한다. 조금 부족하고 아쉬운 사진이라도 내가 왜 이 사진을 찍었고 어떤 부분을 가장 먼저 봐주길 원하는지를 글로 강조할 수 있다. 사진과 글을 함께 보면 사람들은 사진에서 무엇을 봐야 하는지 정확히 알 수 있다. 너무 많은 것을 담고 있어서 내가 표현하고자 하는 바가 제대로 전달되지 않는다면 글을 더해 흩어진 시선을 모아보자.

세상에서 가장 유명한 여자, 〈모나리자〉가 내 눈앞에 있다. 그녀를 보려고 세계 각지에서 사람들이 모여들었다. 내 카메라에 그녀를 제대로 담으려면 사진 우측에 보이는 조그마한 사각형 앞까지 가야 한다. 서 있는 자리에서 카메라를 위로 올리고 렌즈를 바짝 당겨 찍어봤지만, 모나리자 앞으로 다른 사람들 머리가 잔뜩 찍혔다. 좀 더 가까이 다가가야 했다. 북적이는 사람들 사이를 헤집고 들어가다가 빨간 바지를 입은 꼬마가 보여서 그대로 셔터를 눌렀다. 아빠는 〈모나리자〉를 조금이라도 잘 보여주려고 아이를 올려 어깨에 앉혔다. 아빠의 이런 마음을 아는지 모르는지 아이는 〈모나리자〉에는 전혀 관심이 없고 뒤에 서 있는 엄마를 보며 신나게 웃고만 있었다. 처음엔 아이가 재미있어서 찍었는데 사진을 다시 보니 아빠에게 시선이 갔다. 아빠는 고개를 왼쪽으로 기울이고 불편한 자세로 서 있었다. 그런데도 딸에게 좋은 것을 주기 위해서라면 힘든 줄도 모르고 기꺼이 버텨냈다. 빨간 바지 아이는 아빠 어깨에 앉아 〈모나리자〉를 볼 수 있는 지금이 얼마나 행복한 시간인지 아직 모르겠지.

227

매일매일 새로운 글쓰기
#관찰 #사건

사진은 기본적으로 '관찰'을 전제로 하기에 대상은 사람이나 사물 혹은 풍경이라고 생각하기 쉽다. 사진 중 날씨를 관찰하고 있다는 느낌을 주는 사진은 드물다. 하지만 날씨를 찍는다고 생각하기 시작하면 새로운 이야기를 쓰게 된다.

눈 오는 아침이면 사람들은 갑자기 집 앞 주차장 사진을 찍기 시작한다. 매일 내려다보던 풍경인데 하얀 눈으로 덮이고 나면 왠지 낯선 느낌이 든다. 모든 색과 모양이 사라지고 어렴풋이 실루엣과 음영만 남은 풍경은 마치 세상이 처음 태동할 때의 모습인 것처럼 느껴진다. 해가 뜨기 전에는 하얀색보다는 푸른빛으로 보인다. 벽난로의 따뜻한 낭만이 그리워지면서 저절로 마음이 고요해진다. 별 볼 일 없이 반복되던 일상도 살짝 달라질 것 같은 기대가 생긴다. 그 변화가 도로가 조금 더 막히고 점심 메뉴를 돈가스보다는 뜨끈한 국물 요리로 선택하는 정도일지라도 말이다.

날씨는 일상을 다른 색깔로 바꾼다. 매일 우리의 옷차림을 결정하고 점심 메뉴를 바꾸며 기분을 들었다 났다 한다. 바람이 좋은 주말 오후에는 뭐라도 해야 할 것 같아서 운동화를 챙겨 신고 산책을 나선다. 오후 2시에 갑자기 비가 내리면 농촌 사람들은 마당에 널어둔 고추나 콩 같은 농작물을 분주한 손길로 들여놓는다. 우리가 날씨를 맑음, 흐림, 눈, 비, 바람으로 표현해서 그렇지 하루하루 날씨는 생각보다 다양한 모습으로 나타난다.

일상을 찍은 사진에는 햇살과 공기가 찍히지 않아도 오늘의 날씨가 담겨 있다. 냉면 한 그릇에서, 빠르게 돌아가는 선풍기에서, 시원한 음료수에서 후덥지근한 날씨가 보인다. 바람에 날리는 낙엽은 걷기 좋은 날이라고 말해준다. 봄바람이 불면 지하철에서 알록달록한 스타킹을 신은 여성을 자주 만나게 된다. 날씨를 보여주기 위해 눈 오는 날 아침 주차장을 찍거나 비 오는 밤에 초점이 흐린 밤 사진을 찍지 않아도 된다. 날씨가 만든 일상을 사진으로 찍는다면 더 풍부하게 날씨를 담아낼 수 있다.

글의 힘을 빌린다면 날씨를 더 다양하게 표현할 수 있다. 날씨가 바꾼 마음속 풍경까지 담을 수 있기 때문이다. 우리가 날씨 사진을 찍을 때 사진에 담고 싶은 이야기는 일기 예보가 아니다. 공기의 온도가 달라지는 것을 느끼고 파란 하늘이 뿌리는 스펙트럼이 내 일상을 어떻게 바꿔놓는지 이야기하고 싶은 것이다. 내가 어떤 기분으로 맞이하느냐에 따라 햇살도 공기도 바람도 다른 풍경이 된다. 맑은 날이라고 해서 다 맑은 날이 아니고 바람이 분다고 해서 다 같은 바람이 아니다. 공원 벤치에 앉은 어르신의 머릿결에 내려앉은 은빛 햇살과 아장아장 걷는 아이의 걸음을 비추는 개나릿빛 햇살은 다르다. 봄비와 가을비는 다른 소리를 내고 1월의 바람과 5월의 바람은 다른 손길로 우리 뺨을 어루만진다. 여름날 넓은 나무 그늘 아래 서는 것과 맑은 겨울날 나무 그림자 아래를 걷는 게 어찌 같을 수 있을까.

　날씨가 만들어준 순간들을 알아차린다면 매일 새로운 글을 쓸 수 있다. 비를 나만의 비로 바꿔 쓸 수 있고 모든 것이 일상 속 작은 이벤트가 된다. 어떤 바람이 불었는지, 햇살은 나의 어디쯤에 와닿았는지, 그래서 나는 무엇을 하고 싶어졌는지 날씨가 나에게 선물한 일상에 대해 이야기해보자.

겁나 덥다.

나는 동장군 열이 와도 두렵지 않다. 한겨울에도 텐트 펙 박을 땐 반소매다. 하나 더운 건 딱 질색이다. 숨만 쉬어도 땀이 나고 틈틈이 세수를 해도 저녁 무렵엔 쉰내가 쩐다. 어지간하면 안 움직이려 한다. 민폐니까. 이런 내가 더위를 이기는 방법은 정공법이다. 흘려야 할 땀이라면 몸을 부지런히 놀려 장대비처럼 흘리고, 일과가 끝나면 그만큼의 맥주를 마신다. 뭐 있냐. 이번 여름도 기대가 크다. 여름에만 마시냐, 반문하신다면, 겨울에도 땀을 흘린다 답하련다.

세상의 모든 이야기를
품은 음식 사진
#관계 #의미

음식 사진은 가장 흔한 사진이다. 소셜 미디어에는 저녁에 먹은 메뉴며 친구들과 함께한 술자리 음식 사진들이 실시간으로 올라온다. 예쁜 카페에서 먹은 마카롱 하나까지 사진 찍어서 올리는 걸 잊지 않는다. 마음만 먹으면 매일 세 번씩 다른 요리를 찍어 올릴 수도 있다.

음식 사진에 가장 편하게 더할 수 있는 이야기 주제는 맛이다. 맛에 대한 표현은 우리가 오래전부터 자유롭게 해왔다. 둥그런 밥상에 모여 앉아 국을 한 숟가락 떠먹으며 "어우~ 짜!"라고 짧은 평을 하곤 했다. 맛만큼 주관

적이고 자유로운 주제는 없다. 똑같은 음식을 먹어도 누구는 짜고 누구는 맵다고 한다. 달콤한 맛을 좋아하는 사람이 있고 담백한 맛을 좋아하는 사람이 있다. 누구든 자기 입맛대로 표현하면 그만이다. 그 표현과 평가에 옳고 그름을 따질 수 없다. 맛 칼럼니스트가 추천한 100년 전통 손두붓집도 "난 별로던데"라며 한마디를 던질 수 있는 게 음식이다. 〈수요미식회〉에서도 맛에 대한 감상이 출연자마다 천차만별이고 맛집에 대한 평가가 극과 극으로 갈리기도 한다. 입으로만 먹는 것이 아니라 눈과 귀로도 먹는 시대다. 바사삭하는 소리가 튀김을 더 맛있다고 느끼게 하고 후루룩 소리가 라면을 먹고 싶게 만든다. 인기 맛집이 되려면 담음새도 예뻐야 하고 매장 분위기도 챙겨야 한다. 배달 앱에서는 누가 더 맛있게 먹었는지 '식후감' 대회를 열기도 한다.

음식을 함께 먹은 이에 대한 추억이나 사연이 호기심을 불러일으키기도 한다. 어떤 음식 앞에 앉으면 함께 먹었던 사람의 얼굴이 떠오른다. 김치찌개 사진과 함께 친구의 이름을 목놓아 부르는 글이 소셜미디어에 올라왔다. 갑자기 세상을 떠난 친구와 마지막으로 나눠 먹은 음식이 하필 김치찌개란다. 지금 눈앞에 놓인 음식이 예전의 그 음식도 아닌데 김치찌개만 보면 그 친구 생각이 나고, 세상의 모든 김치찌개는 친구의 얼굴이 된다.

음식 이야기에서 또 빠지지 않는 주제가 단골집이다. 동네에 단골 음식점을 만들어놓으면 사는 게 달콤해진다. 단골집에 가면 나와 입맛이 닮은 사람들을 만날 수 있다. 나를 기억하고 안부를 묻는 사람이 있고 언제든 한결같은 음식을 먹을 수 있다는 사실이 안정감을 준다. 많은 말을 하지 않아도 내가 늘 먹던 술을 내어주고 취향에 맞게 차려준다. 자주 가는 김밥집에서 따로 주문하지 않아도 못 먹는 오이를 뺀 김밥을 말아주면 감동하곤 한다. 마음에 드는 식당이 있어 다른 동네로 이사 가지 못한다는 사람도 있을 정도로 단골집은 단순히 음식을 먹는 곳이 아니라 사람을 만나고 추억을 쌓는 곳이다. 우리는 함께 먹으면서 정을 나눈다.

맛있는 된장찌개를 만드는 방법은 몇 가지나 될까. 채소를 씻는 과정부터 한 장 한 장 사진으로 찍어 정성스럽게 소셜 미디어에 올리는 사람부터 완성된 요리 사진을 올리고는 자신만의 비법을 친절히 풀어놓는 사람까지 저마다 최고의 레시피를 연구해 올린다. 음식은 최고의 창작물이다. 그냥 냉장고에 있는 재료를 모두 넣어 된장찌개를 만들었을 뿐인데도 사람들은 열광한다.

음식 사진은 사람들의 생활 방식을 보여주기도 한다. 음식은 자신을 나타내는 중요한 지표가 됐다. 예전에는 동네 사람들이 먹는 것들이 거의 비슷했다. 같이 재배하고 만들고 먹는 게 일상이었다. 요즘에는 마음만 먹으면 세계 어느 곳의 음식이든 쉽게 먹을 수 있다. 그뿐만 아니라 간헐적 단식이나 저탄고지, 클린 식단, 지중해 식단, 연예인 ○○○ 식단 등 다양한 식단이 한꺼번에 유행한다. 매일 식단을 공유하며 자신의 건강을 인증한다. 음식은 취향과 생활 방식을 이야기로 풀어내는 중요한 매개다.

음식에는 자연스럽게 나에 대한 이야기가 담긴다. 입맛이 사람마다 다르듯 음식으로 풀어낼 수 있는 이야기도 다르다. 어제의 이야기이기도 하고 오래전으로 거슬러 올라가 풀어놓는 이야기이기도 하다. 시공간을 넘나들며 풀어낼 수 있다면 더 매력적이다. 직전에 먹은 요리도 좋고 평생 가는 소울 푸드도 좋다. 무슨 이야기든 할 수 있는 게 음식이다. 음식에 대해서만큼은 그 어떤 소재보다 자유롭게 써도 된다는 말이다. 오감을 자극하는 음식의 맛과 향, 함께 먹었던 사람에 대한 기억들, 오래도록 기억에 남을 만한 근사한 식탁과 그 자리에서 나누었던 대화가 모두 나를 말해주는 좋은 이야기가 된다. 세상의 모든 이야기를 음식 사진 한 장에서 시작할 수 있을 정도로 음식으로 풀어낼 수 있는 이야기는 무궁무진하다.

곽강찬 할아버지와 이명희 할머니는 섬진강이 시작되는 임실에서 국수를 만든다. 월급 4,000원에 머슴살이를 하며 국수를 배운 할아버지는 1970년 무렵부터 국수를 뽑기 시작했다. 기계도 40년이 되어가지만 어제처럼, 그제처럼 잘 돌아간다. 면은 숙성을 거쳐 양지바른 곳에서 말리고 다시 그늘에서 며칠 말린다. 화창한 가을이라면 사나흘이면 되지만 겨울이라면 열흘도 걸린다. 할머니가 신문지에 국수를 싸주셨다. 그해 겨울 임실의 국수와 고향 집의 홍시는 우리 가족의 간식이었다. 장모님의 동치미에 국수 말아 후루룩 먹고 잘 익은 홍시를 숟가락으로 떠먹으면 웃음이 절로 났다. 꾸덕꾸덕한 과메기에서 차가운 바닷바람이 전해지듯, 찰진 국숫발에서는 산골의 귀한 햇살이 느껴진다. 아 국수 먹고 싶다.

반전 이야기 쓰기
#사건 #추억

    사진으로 글쓰기에서 사진은 글쓰기로 치자면 첫 문장과 비슷하지만 조금 다르다. 사진은 한 문장이 아니라 그 자체만으로 하나의 이야기가 된다. 사진이 전달하는 메시지는 강력하다. 우리는 사진만 보고도 대충 어떤 이야기를 하려는지 짐작할 수 있다. 하늘에서 불꽃이 터지는 사진에는 즐거운 축제 이야기가, 화사한 꽃다발을 들고 찍은 사진에는 기념일 이야기가 담겨 있다. 이미지가 뿜어내는 색에서도 분위기가 느껴진다. 시간을 두고 살피지 않아도 사진을 보는 순간 알 수 있다. 이미지는 언어보

다 분위기를 더 잘 전달한다.

하지만 사진 속 분위기와 상관없이 나에게 뜻밖의 사건이 벌어질 수도 있다. 내가 산토리니 여행에서 찍은 사진은 완벽하다. 한여름 지중해의 직사광선 아래서 파란색과 하얀색으로 층층이 쌓인 집들이 화창하게 빛난다. 낮고 넓은 계단으로 이어지는 골목길은 종일 걷고 싶은 풍경이다. 환상적인 풍경 속에서 나 혼자만 엉망진창이었다. 산토리니 피라 마을과 이아 마을은 가파른 절벽 위에 있다. 엽서에서 보던 산토리니 풍경을 보려면 항구에서 내려 588개 계단을 올라가야 한다. 케이블카, 당나귀, 도보, 이 세 가지 방법 중 나는 신선하게 당나귀를 선택했다. 당나귀를 타고 섬마을까지 가다니. 생각만 해도 낭만적이었다. 그런데 이게 뭔가. 당나귀 등에 앉는 순간 뭔가가 잘못됐음을 직감했다. 당나귀는 손님이 타면 차례차례 올라가는 것이 아니라 당나귀를 모는 아저씨가 신호를 줘야 꾸역꾸역 겨우 몇 걸음 올라갔다. 좁은 길에 당나귀 대여섯 마리가 한꺼번에 몰려 올라가다 보니 옆 당나귀가 반바지를 입은 내 다리를 사정없이 쓸며 지나갔다. 피하고 싶었지만 당나귀에서 떨어질 것 같아 눈을 감고 소리만 질렀다. 8월의 후덥지근함에 무르익은 똥 냄새는 얼마나 지독하던지. 말 그대로 당나귀와 함께 당나귀 똥 밭에서 굴러다니는 느낌이었다. 무엇보다 당나귀에게 너무 미안했다. 올라가는 건 당나귀인데 내가 왜 그토록 힘들었던 걸까. 결국 걸어서 올라가는 것보다 더 느린 속도로 절벽 마을에 도착했다. 당나귀의 몸부림 덕분에 내 몸도 마음도 만신창이가 됐다. 파란 지붕의 낭만 산토리니는 당나귀 호러 산토리니가 됐다. 다리가 후들거릴 만큼 무서웠다.

사진으로 글쓰기에서 반전은 사진에 보이는 풍경과 사진에 보이지 않는 내 모습 사이에 있다. 글에는 사진만으로는 전달되지 않는 사건과 느낌이 담겨 있다. 사진과 나란히 있는 글 덕분에 사진 속 분위기가 와장창 깨지면서 전혀 다른 이야기가 시작된다. 온 세상이 환하게 빛나는 벚꽃길 사진이라도 '애인과 헤어지고 돌아오는 길'이라는 이야기가 이어지면 그 사진에서는 화사함이 아니라 외로움이 읽힌다. 사진 속 꽃길이 화사할수록 외로움은 더 극대화된다. 사진에 보이지 않는 나에 대한 글은 사진 속 분위기를 순식간에 반전시키면서 다른 이야기를 들려

준다. 분위기 반전이 숨어 있는 사진을 꺼내 사진에 보이
지 않는 내 모습을 글로 써보자.

※

찬 바닥에 요대기 한 장 깔고 자는데, 새벽에 너무 추워서인
지 난데없이 재채기가 연거푸 나더라. 아침에는 콧물이 슬슬
나더니 오한이 조금 들더라. 알레르기 비염인가 싶어 전에 지
어놓았던 비염약을 먹었더니 하루 종일 비몽사몽인 거라.
그래도 퇴근 시간엔 정신이 들어서 비척비척 퇴근했지. 꾸벅
꾸벅 졸고 있는데 다음 역이 신내라는 거야. 제길. 중앙선을
타야 하는데 경춘선을 탄 거지. 춘천까지 내처 가버릴 만큼
로맨틱하거나 충동적이진 않아서 갈매역에 내렸지.
2번 버스 무심하기도 하지. 칼같이 떠나버리네. 같이 내린 사
람들 대부분 누군가 와서 데리고 가고 나만 다음 버스를 기
다리고 있네.
노을 좀 보고들 가지. 잠깐이면 되는데. 덕분에 노을은 내 차
지구먼.

시간 여행하는 인증샷

#사건 #의미

　스마트폰으로 사진을 찍고 소셜 미디어로 공유하는 것이 일상이 되다 보니 새롭게 등장한 말들이 있다. 직찍(직접 찍어 올린 사진), 폰카(핸드폰 카메라), 도촬(도둑 촬영), 셀피(스스로 자기 모습을 찍은 사진)……. '인증샷'도 그 중 하나다. 인증샷은 자신이 한 말이나 행동이 사실임을 증명하기 위해 올리는 사진을 말한다. 소셜 미디어는 인증샷의 전시장이다. '예쁜 카페에 다녀왔음 인증 찰칵!', '투표했음 인증 찰칵!', '영화 관람 인증 찰칵!', '만보 걷기 성공 인증 찰칵!' 사진은 강력한 증거가 되어 그들의 말이 진실임을 보여준다.

인증샷은 순간을 증명하는 것과 시간을 증명하는 것이 있다. 순간을 증명하는 인증샷은 사진이 모든 것을 보여준다. 카페에 다녀오거나, 투표를 하거나, 영화를 관람한 인증샷은 사진에 보이는 일이 실제로 벌어졌다는 사실 외에 확인할 이야기가 없다. 반면에 만 보 걷기, 지리산 종주, 필사 완료 인증샷은 다르다. 사진에 찍힌 마지막 순간이 아니라 그 순간을 향해 달려온 모든 시간을 증명한다. 잘하고 싶었던 마음으로 꽉 찬 시간들이 사진 한 장에 뭉쳐 있다. 어떤 사진은 1년을 품고 있고 어떤 사진은 하루를 품고 있다. 때로는 누군가의 인생 전체를 품고 있는 사진 한 장을 만나기도 한다. 그 시간의 무게는 인증샷의 의미가 된다.

우리가 인증샷에 담고자 하는 것은 마지막 순간이 아니라 그 순간과 연결된 모든 시간에 대한 이야기다. 그 시간을 건너오는 동안 겪은 즐거움과 짜증, 울고 웃었던 일과 함께한 사람들의 표정이 모두 이야기가 된다. 포기하고 싶었던 순간과 해냈다는 기쁨의 순간이 오묘하게 겹친다. 그 시간을 건너온 사람만 알 수 있는 이야기가 있다. 같은 경험을 꿈꾸는 사람에게는 정보와 희망을 주고, 비슷한 경험을 한 사람에게는 '나도 그랬어' 하는 추억 공유와 공감을 얻는다.

사진으로 글쓰기를 통해 인증샷에 찍힌 마지막 순간은 타임머신이라도 탄 듯 과거로 향하게 된다. 인증샷은 결론에서 시작되는 이야기다. 인증샷으로 이야기를 시작할 때 첫 문장은 사진을 한 문장으로 요약한다. '나 이거 했어!'라고 말해두고 그동안의 일들을 천천히 풀어내면 된다. 소셜 미디어에는 그 한 줄만 달고 인증샷을 올리기도 한다. 한 줄만 쓰면 자랑처럼 보이는 일도 시간을 늘려 풀어보면 좌충우돌과 우여곡절이 있다. 아무런 어려움 없이 쑥 이뤄진 일은 거의 없다. 목표에 가닿고 싶었던 간절함으로 건너온 시간은 영웅의 일대기와 닮았다.

사진 한 장에서 다른 사람의 삶을 온전히 읽어내기란 쉬운 일이 아니다. 사진에 흐르는 시간에 대한 이야기는 오직 그 시간 속에 있었던 사람만 알아볼 수 있다. 똑같은 인증샷이라도 사람마다 모두 다른 이야기로 변주된다. 노력과 시간을 쌓아 이뤄낸 인증샷에는 나만의 이야기가 숨어 있다. 시간을 담고 있는 인증샷 한 장을 골라 그 순간에 닿기 위한 노력과 마음을 기록해보자.

※

오정희 선생님의 장편소설 『새』 필사를 끝냈다. 400자 원고지 40매씩 5묶음, 약 8만 자를 원고지에 한 글자 한 글자 옮겨 적는 프로젝트였다. 꼬박 1년이 걸렸다.

내 끈기는 이틀짜리다. 그동안 몇 번이고 필사를 시작했다가 시작점에서만 도돌이표를 찍다 포기하곤 했다. 한 달짜리 계획표를 짜놓고 사흘에 한 번씩 수정만 하다가 구석에 버려뒀다. 수학 문제집은 맨 앞에 있는 집합 부분만 까맸다. 이런 내가 이번에는 어떻게 장편 소설 필사를 끝낼 수 있었을까. 원고지 묶음들을 겹쳐놓고 후루룩 소리가 나도록 빠르게 넘겼다. 그러는 사이 필사를 하는 시간 속에 숨어 있던 끈기에 대한 비밀 하나를 알게 됐다.

짧은 끈기로 긴 시간을 필요로 하는 일을 끝내는 방법은 딱 하나뿐이다. 하다가 멈춘 일을 다시 시작할 때는 처음으로 돌아가는 것이 아니라 멈춰 선 자리에서 다시 시작하는 것! 그러니까 필사를 하다가 10쪽 쓰고 멈췄으면 다음에 필사

던 것, 지나간 자취는
그 것을 기다리는 사람에게
연속 아 좋았는 말 같았다.
우 주 에 서 가장 예쁜 사람이
우 미 라 고 이름 지고 우주에서
낭 자 가 되 라 고 우일 이라
게 부 르 던 옥 소 리 가 있었다
르 던 마 음 은 이제서 내게 로
가 보 다.

250

를 시작할 때는 11쪽부터 이어 써야 한다. 여러 번 시작한 거, 10쪽씩 쓴 거, 20번을 반복했으면 그게 쌓여 200쪽이 되고 한 권이 된다. 시작점으로 돌아가지 않는 것! 이 단순한 원칙이 내 짧은 끈기로는 도저히 끝낼 수 없을 것 같은 길고 긴 일을 끝까지 해내는 유일한 방법이다.

그동안 이상한 완벽주의가 있었다. 부실한 끈기의 흔적이 내 결과물에 남는 걸 허락할 수 없었다. 이어 붙인 흔적이 없는 완벽한 완성을 꿈꾸다 보니 허술한 완성조차 한 번도 이뤄내지 못했다. 매일 시작만 몇 번씩 반복하다 포기하던 나에게 필요한 건, 한번 시작한 일을 한꺼번에 끝까지 밀어붙이는 끈기를 키우는 게 아니라 멈춰 선 중간 지점에서 시작해서 이어 갈 줄 아는 것이었다. 멈춰 서는 나를 인정하고 쉬어 걸었던 흔적이 결과물에 남는 것을 스스로 허락할 수 있다면 이틀짜리 끈기로도 한 달의 노력이 쌓여야 하는 일을 이뤄낼 수 있다.

책 한 권을 필사하는 데 1년이 걸렸다는 말. 이걸 다시 한번 들여다보자. 내가 필사를 시작하고 끝낸 기간은 1년이지만 실제 필사에 집중한 시간을 보면 8만 자를 옮겨 적는 데 30시간 정도가 걸렸다. 성실하고 끈기가 대단한 사람이 하루에 한 시간씩 꾸준히 한다면 한 달이면 끝낼 일을 나는 1년 동안 붙들고 있었던 셈이다.

꾸준히 걷는다는 것은 쉬지 않고 한꺼번에 끝까지 가는 것이 아니다. 흔들리고 엎어지고 끊어지면서도 내 페이스로 꿋꿋하게 이어 붙여 마지막 마침표에 가닿는 것이다.

꽃 사진으로
과거 일기 쓰기

"어머니는 왜 이렇게 꽃 사진을 찍으시는 걸까요. 자꾸 꽃 사진을 보내시는데 뭐라고 해드려야 좋을까요." 효심 가득한 아들의 고민이 어느 단체 대화방에 올라왔다. 어머니가 핸드폰으로 사진 찍는 법을 배우시고 처음 카카오톡으로 꽃 사진을 보내셨을 때는 예쁘다, 잘 찍으셨다, 어디서 찍으신 거냐며 부지런히 반응했다고 했다. 이젠 칭찬과 공감, 안부까지 거의 모든 리액션 레퍼토리가 바닥이 났다. 같은 말을 반복할 수는 없는데 어머니의 꽃 사진 퍼레이드는 점점 더 속도를 내며 매일매일 밀려든다. 집으로 가는 길에 핀 철쭉이며 바닥에 납작 엎드린 민들레도 감동하며 찍어 보내신다. 엄마와 엄마 친구들 프로필 사진은 전부 꽃 사진이거나 꽃밭에서 찍으신 사진이다.

꽃 사진 얘기를 하자면 드라마 〈슬기로운 의사생활〉 이익준(조정석)의 대사를 빼놓을 수 없다. 이익준은 나이 들면서 예전에 안 먹던 파김치가 맛있어지고 콩국수가 당긴다고 친구들과 얘기한다. "난 어제 우주(아들)랑 공원에 갔는데 꽃 사진만 6,000장……. 나 진짜…… 내가 꽃을 찍고 있더라니까……. 꽃에 꽂혀가지고……." 내 친구들도 이익준의 말에 웃음이 나면서 눈물이 난다며 공감했다. 익준이가 바로 나라며 사진첩에 있는 꽃 사진들을 풀어놓으며 꽃 사진을 찍기 시작하면 나이 든 거라는 생각에 그만 찍고 싶은데 그게 잘 안된다고 고백했다. 나도 어느 순간부터 꽃만 보면 핸드폰을 꺼내고 카메라를 켠다. 세상이 온통 꽃밭일 때는 마음이 술렁거려 집으로 오는 길이 오래 걸린다. 가로수 꽃망울도 한없이 사랑스럽고, 작아서 잘 보이지도 않는 이름 없는 꽃도 오감을 마구 자극한다. 하늘거리는 꽃잎에서 눈을 뗄 수 없고 잠깐 나선 산책에 카메라를 들이대느라 발걸음은 더디다. 애는 홀로 피어 있어서 찍고, 쟤는 어제보다 시들어서 찍고, 걔는 색이 예뻐서 찍어줘야 한다. 이래저래 마음이 휘둘리다 보면 어느새 6,000장이 되는 건 순식간이다.

꽃 사진에 열광하는 나이가 되면 자신을 돌아보는 시간이 많아진다. 꽃 사진은 사라지는 것들에 대한 그리움을 품고 있기에 아련하고 애틋하다. 빛나는 젊음, 화려한 시절, 아름다운 도전, 반짝이는 사랑, 넘치는 열정, 눈부신 청춘……. 모든 좋은 수식어를 갖다 붙여도 표현이 부족한 시절이 누구에게나 있다. 꽃 앞에 서면 언젠가의 자신이 그리워진다. 그리고 사진은 그 기억을 찍는 것이다. 꽃 사진에 쓰는 글은 그날의 이야기보다 먼 과거의 이야기를 할 때 더 감상적이다. 언젠가 꽃 사진을 마구마구 찍고 싶어진다면 '예쁘다'로 끝내지 말고 그 순간을 다시 한번 더 들여다보자. 나의 꽃 같은 시절 한 조각을 글로 꺾꽂이해 얹어보자.

일본서 유학할 때는 사는 게 너무 바빠 꽃구경은 대충 넘어
갔었다. 그러다 회사를 다니면서 벚꽃 피는 날이 얼마나 중요
한지 알게 되었다. 신참들은 요자쿠라(夜桜, 밤 벚꽃) 준비를
하며 선배들에게 점수 따기를 하곤 한다. 사실 사쿠라는 '피
었다', '절정이다' 하면 정말 딱 그날 하루나 이틀 내지는 고
며칠밖에 없다.

난 마침 신입이었고 그때 동기와 이것저것 준비했었다. DHL
비닐에 얼음을 담고, 맥주와 안주를 잔뜩 사서 우에노 공원
벚꽃 나무 아래 한 자리를 겨우 차지했다. 이때쯤 공원의 자
리 쟁탈전은 장난이 아니었다. 간신히 돗자리를 깔고 회사 직
원들이 올 때까지 목을 빼고 기다리며 여기 자리 있냐고 매
번 묻는 이에게 퇴짜를 놓아야 했다. 그러니깐 회사가 끝나기
도 전에 미리 가서 자리 확보…… 이윽고 멀리서 상사들이 나
타난다. 맥주를 시원하게 해놓고 치킨이니 풋콩이니 하는 안
주들을 늘어놓고 건배를 연발한다. 아마 이게 벚꽃 필 때의
대체적인 일본 풍경이 아닌가 싶다.

벚꽃 중엔 지들 수명이 짧다는 걸 미리 아는 놈이 있다. 이 선
견지명이 있는 놈들은 바람이 안 불어도 스스로 제 몸을 아
래로 떨군다. 꽃잎도 심한 우울증을 앓는가 해서 보니 그것

도 아니고, 은근슬쩍 즐기는 놈이라. 뭘을? 술을! 녀석들은 슬쩍 사람들 술잔에 떨어지거나 아니면 미친 척하고 맥주 캔의 그 작은 구멍 사이로 떨어진다. 일본인들의 전통 하이쿠나 기타 등등의 문서에는 이걸 빙자한 시 비슷한 것이 엄청나게 등장한다. 봄, 술잔, 꽃잎…… 이렇게 엮으면 얼마나 멋진 구라가 많겠는가. 바야흐로 계절은 봄에, 들뜬 가슴에, 선남선녀에…… 그러니깐 소위 낭만을 이야기하자는 것 같은데, 이게 내가 꽃잎 입장에서 깔끔하게 얘기해주자면 놈들은 술이 고팠던 거다…… 이 말이다.

사람들은 벚꽃이 술잔으로 들어오면 연신 술을 채워 꽃잎을 띄워준다. 그들은 자리가 파할 때까지 절대로 꽃잎을 하대하지 않는다. 그러니 한번 맛본 놈들은 그 맛을 아는 거다. 벚꽃은 어차피 봄비 한 방에 제 몸이 산산이 없어지는 걸 알기에 지가 좋은 곳에 낙하해선 짧은 생을 실컷 즐기고 가는 것이다.

* 본문에 인용된 글과 사진의 출처를 저작권자별로 페이지 번호를 적어 아래와 같이 표시합니다(가나다순).

김해진 148 | 문요한 72~73 | 서승범 84~85, 95~96, 100~102, 135~136, 143~144, 149, 178~180, 190~192, 196~198, 232~233, 239~240 | 서영우 244~245 | 이은남 256~258 | 이한숙 89~91, 107~108, 122~124, 158~160, 173~174, 202~204 | 정세인 150 | 정재엽 151 | 한명석 220~222

사진으로 글쓰기

2022년 11월 17일 1판 1쇄 인쇄
2022년 11월 28일 1판 1쇄 발행

지은이　　강미영
펴낸이　　한기호
책임편집　도은숙
편집　　　유태선, 정안나, 염경원, 김미향, 김현구
디자인　　늦봄
마케팅　　윤수연
경영지원　국순근
펴낸곳　　북바이북
　　　　　　출판등록 2009년 5월 12일 제313-2009-100호
　　　　　　주소 04029 서울시 마포구 동교로12안길 14, 2층(서교동, 삼성빌딩 A)
　　　　　　전화 02-336-5675 팩스 02-337-5347
　　　　　　이메일 kpm@kpm21.co.kr
　　　　　　홈페이지 www.kpm21.co.kr

ISBN　979-11-90812-50-4　　03800

• 이 도서는 한국출판문화산업진흥원의 '2022년 우수출판콘텐츠 제작 지원' 사업 선정작입니다.
• 책값은 뒤표지에 있습니다.
• 잘못된 책은 구입처에서 교환해드립니다.
• 북바이북은 한국출판마케팅연구소의 임프린트입니다.